KB163802

톰 소여의 모험

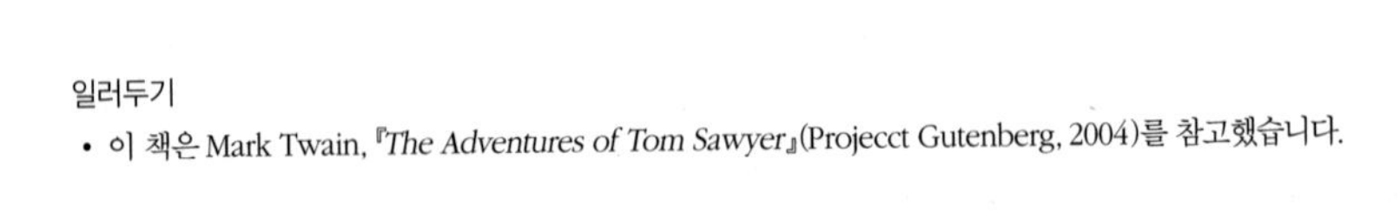
일러두기

• 이 책은 Mark Twain, 『*The Adventures of Tom Sawyer*』(Projecct Gutenberg, 2004)를 참고했습니다.

톰 소여의 모험

The Adventures of Tom Sawyer

마크 트웨인 지음

마크 트웨인

마크 트웨인(가운데)과 조지 알프레드 타운센드(George Alfred Townsend, 왼쪽), 데이비드 그레이(David Gray, 오른쪽)가 함께 찍은 사진, 조지 알프레드 타운센드는 남북전쟁 특파원이자 작가였고, 데이비드 그레이는 조간신문 「버팔로 익스프레스(Buffalo Express)」의 편집장이었다. 마크 트웨인은 1869~1871년까지 「버팔로 익스프레스」의 공동소유자이자 편집자였다.

1876년 『톰 소여의 모험』 초판본 머릿그림, 낚싯대를 들고 있는 톰 소여

표제지의 바로 뒤나 표제지 쪽을 향해 넣는 그림, 사진, 도표 등을 머릿그림이라고 한다. 트루먼 윌리엄스(Truman W. Williams, 1839~97)는 미국의 화가로 마크 트웨인의 많은 작품에 삽화를 그렸다. 『톰 소여의 모험』 초판의 삽화도 트루먼 윌리엄스가 그림으로써, 톰 소여와 허클베리 핀 등의 인물을 최초로 시각적으로 묘사했다고 할 수 있다.

톰 소여의 모험 차례

머리말

내가 앞으로 하게 될 이야기들은 내가 지어낸 허구가 아니다. 그중 한두 가지는 내가 직접 경험한 일이며 나머지는 내 학교 친구들이 겪은 일들이다.

허클베리 핀은 실제 인물 그대로 그렸다. 톰 소여도 마찬가지지만 단 한 명이 모델이 아니라는 점이 다르다. 톰은 내가 알고 있는 세 명의 친구들의 특징들을 결합해서 만들어낸 인물이다. 말하자면 건축가들이 조립식 건물이라고 부르는 것과 비슷하다고 보면 된다.

이 책에서 일어나는 이상야릇한 미신들도 내가 지어낸 것이 아니다. 그것들은 이 이야기의 시간적 무대인 지금으로부터

30~40년 년 전에 아이들과 노예들 사이에 널리 퍼져 있던 것들이다.

나는 주로 소년, 소녀를 즐겁게 해주기 위해 이 이야기를 썼다. 하지만 그런 이유로 나이 든 사람들에게서 외면당하지 않기를 바란다. 어른들이 이 책을 보면서 전에 내 모습은 어땠는지, 자신들이 어떻게 느끼고, 생각하고, 이야기했는지, 또한 때때로 그 얼마나 이상한 짓을 저질렀는지 회상하면서 즐거움에 젖을 수 있다면 내가 이 책을 쓰는 또 한 가지 목표가 이루어진 셈이리라.

1876년, 하트퍼드에서

저자

제1장 톰 소여와 폴리 이모

"톰!"

아무 대답이 없었다.

"톰!"

역시 아무 대답이 없었다.

"이놈이 대체 어찌 된 거야? 야, 톰!"

여전히 아무 대답이 없었다.

노부인은 안경을 밑으로 내린 다음 안경 너머로 방 안을 둘러보았다. 이어서 그녀는 안경을 치켜올리고는 안경 아래로 방 안을 둘러보았다. 부인이 안경을 통해 그 사내 녀석처럼 작은 것을 찾은 적은 거의, 아니 단 한 번도 없었다. 그녀는 위엄을 갖추고 멋을 부리기 위해 안경을 쓴 것이었지 눈이 나빠서 쓴 것이 아니었다. 그녀는 난로 뚜껑을 통해서도 사물을 볼 수 있을 만큼 눈이 좋았다.

부인은 잠시 난감한 표정을 짓더니 가구들까지 알아들을 정도로 큰 소리로 외쳤다. 하지만 화가 난 목소리는 아니었다.

"요 녀석, 붙잡히기만 해 봐라! 내 그냥……."

그녀는 말을 채 맺기도 전에 허리를 구부리고 빗자루로 침대 밑을 이리저리 들쑤셨다. 하지만 그녀는 잠자고 있던 고양이를 깨웠을 뿐이었다.

"도대체 요 녀석을 당해낼 수가 있어야지."

그녀는 중얼거리며 밖으로 나가 정원의 토마토 줄기와 흰독말풀 사이를 쳐다보았다. 톰은 여전히 보이지 않았다. 그녀는 먼 곳을 향해 아까보다 더 큰 목소리로 외쳤다.

"야-아-아, 톰!"

그때 그녀 등 뒤에서 부스럭거리는 소리가 들렸다. 부인은 고개를 획 돌려 막 도망치려는 사내아이의 윗도리를 겨우 붙잡을 수 있었다.

"그래, 내가 벽장 생각을 못 했어! 너, 그 안에서 뭘 하고 있었던 거냐?"

"아무 짓도 안 했어요."

"아무 짓도 안 해? 저 손하고 주둥이 좀 봐라! 내가 다 알지. 잼이 아니고 뭐겠어? 그 잼에 손을 대면 경을 쳐준다고 내가 입이 닳도록 말했지? 어서 회초리 가져오지 못해!"

회초리가 공중을 맴돌았다. 바야흐로 위험이 닥쳐오고 있었다.

"어, 저게 뭐야? 이모, 뒤를 좀 보세요!"

노부인이 고개를 홱 돌리며 위험에 대비하려는 듯 사내아이를 잡고 있던 손으로 치마를 걷어 올리는 순간 사내아이는 재빨리 판자로 된 담장을 뛰어넘더니 순식간에 모습을 감춰버렸다. 폴리 이모는 잠시 어안이 벙벙해서 서 있더니 갑자기 웃음을 터뜨렸다. 어이없다는 웃음이 아니라 따스함이 깃든 웃음이었다.

"저런, 몹쓸 놈 같으니라고! 나도 정말 바보야. 그렇게 속아왔으면 이제 배웠을 만도 한데……. 바보 중 제일 바보가 늙은 바보라더니 딱 맞는 말이야. 늙은 개에게는 새로운 재주를 가르칠 수 없다는 속담도 있잖아. 게다가 같은 꾀를 두 번은 써먹지를 않으니 도무지 무슨 짓을 할지 짐작을 할 수가 있나. 저 녀석은 나를 어느 정도까지 괴롭혀야 내가 정말로 화를 내는지 알고 있는 것 같아. 나를 잠깐 피해 있으면 결국 내가 매를 들지 못한 채 웃고 만다는 것도 알고 있지. 결국 나는 녀석에게 의무를 다하지 못하고 있는 거야. 아이에게 매를 들지 않으면 아이를 망친다고 성경에도 쓰여 있잖아. 하지만 녀석이 아무리 마귀가 들린 것 같은 장난질을 쳐도 매질할 마음이 들지를 않아. 어쨌든 죽은 여동생의 불쌍한 자식이잖아.

어휴, 그냥 내버려두자니 양심에 찔리고, 그렇다고 매질을 하자니 이 늙은 가슴이 찢어지는 것 같고……. 녀석은 오늘 오후에도 분명히 학교를 빼먹을 거야. 어디, 두고 보라지. 내일은 토요일이지만 녀석에게 일을 시킬 거야. 꼭 그래야 해. 그게 내 의무야. 안 그러면 녀석을 버려놓게 될 테니까."

폴리 이모의 짐작대로 그날 오후 톰은 수업을 빼먹고 신나게 놀았다. 톰은 너무 늦게 집에 오는 바람에 흑인 아이 짐이 나무토막을 잘라 불쏘시개 만드는 일을 도와주지 못했다. 하지만 짐에게 그날 있었던 신나는 일을 들려줄 시간은 충분히 있었다. 톰의 배다른 동생 시드는 자신의 임무(나뭇조각 줍는 일)를 이미 마친 뒤였다. 시드는 조용한 아이였으며 모험심도 없어서 아무런 말썽을 일으키지 않았다.

톰이 저녁을 먹으면서 기회 있을 때마다 설탕을 슬쩍하는 사이 폴리 이모는 그에게 질문을 던지기 시작했다. 그녀 나름대로 톰을 함정에 빠뜨리기 위해 고안해낸 교묘한 질문이었다.

"톰, 오늘 학교에서 꽤 더웠지?"

"네, 이모."

"헤엄치러 가고 싶었겠구나."

이모의 질문에 톰은 뜨끔해서 이모의 눈치를 살폈다. 하지만 이모의 얼굴에 의심하는 표정은 없었다. 톰은 대답했다.

"아뇨, 별로 그런 생각이 들지 않았어요."

이모는 손을 뻗어 톰의 셔츠를 만져보더니 말했다.

"어쨌든 지금은 덥지 않은 것 같구나, 톰."

이모는 톰의 셔츠가 뽀송뽀송한 걸 발견하고 우쭐했다. 아무도 자신의 속셈을 모르리라 생각했던 것이다. 하지만 톰은 이미 사태를 훤히 꿰뚫고 있었다. 그는 선수를 쳤다.

"더워서 친구들이랑 머리에 펌프질을 했어요. 자, 보세요. 머리가 젖어 있잖아요."

톰의 예기치 못한 상황 대처에 이모는 순간 당황했다. 그때 그녀의 머리에 번뜩 영감이 떠올랐다.

"머리에만 펌프질을 했어? 그렇다면 셔츠를 벗을 일이 없었겠구나. 어디 내가 꿰매서 달아준 셔츠 깃이 그대로 달려 있는지 보자. 윗도리 단추 좀 풀어봐라."

톰은 의기양양하게 윗도리를 열어젖혔다. 셔츠 깃은 이모가 꿰매놓은 자리에 그대로 단단히 붙어 있었다.

"이런, 여우 같으니! 톰, 난 네가 수업 빼먹고 헤엄치러 갔다는 걸 잘 알고 있어."

이모는 자신의 꾀가 실패로 돌아간 데 대해 반쯤은 화가 났지만 다른 한편으로는 그나마 한 번이라도 톰이 순순히 말을 들은 것 같아 조금은 흡족했다. 그런데 시드가 모든 걸 다 망쳐버렸다.

"그런데, 이모. 저걸 하얀 실로 꿰매지 않았어요? 그런데 지금은 까만 실로 꿰매 있네요."

"그래, 맞아! 하얀 실로 꿰맸어! 톰!"

하지만 톰은 이어서 벌어질 일을 기다리고 있지 않았다. 그는 밖으로 튀어나가면서 소리쳤다.

"시드, 너 나중에 맛 좀 봐라!"

밖으로 나가며 톰은 투덜거렸다.

"이모가 언제는 하얀 실로, 언제는 까만 실로 꿰매주니 종잡을 수가 있어야지. 그나저나 시드, 이 녀석, 나중에 가만두지 않을 테다!"

하지만 톰은 2분도 채 지나지 않아 모든 것을 말끔히 잊어버렸다. 재미있는 새로운 일 덕분에 먼저 있었던 일이 당분간 머리에서 사라져버린 것이다. 새로운 흥밋거리란 다름이 아니라 휘파람 연습이었다. 톰은 오늘 아침 휘파람 부는 새로운 방법을 어느 흑인에게서 배웠고, 사람들이 보지 않는 곳에서 공들여 연습해서 남들을 놀라게 하고 싶었다. 휘파람을 불면서 혀를 짧은 간격으로 입천장에 갖다 대면 새가 지저귀는 것과 같은 소리, 물이 흐르는 것과 같은 소리를 낼 수 있었다. 어린 시절이 있었던 독자라면 그 방법을 분명 기억하고 있으리라.

열심히 집중해서 연습하다보니 톰은 금세 요령을 익혔다. 입에는 화음을, 마음에는 감사함을 잔뜩 담고 톰은 길을 걸어 내려갔다. 마치 새로운 유성을 발견한 천문학자 같은 기분이었다. 하지만 톰이 맛본 기쁨이 천문학자의 기쁨보다 더 강렬하고 그윽했으며 순수하다고 말하는 것이 아마 더 정확할 것이다.

여름철은 해가 길어서 아직 날은 어두워지지 않았다. 신나게 휘파람을 불며 길을 걸어가던 톰은 휘파람을 그쳤다. 웬 낯선 사내아이가 톰 앞에 서 있었던 것이다. 톰보다 키가 조금 큰 아이였다. 세인트-피터스버그(작가의 고향을 모델로 한 상상의 마을. 러시아의 상트페테르부르크와 같은 뜻으로서 천국이라는 뜻으로 이해하면 된다-옮긴이) 같이 초라한 작은 마을에서는 그 누구건 낯선 사람은 호기심을 불러일으키기 마련이다. 게다가 그 낯선 사내아이는 굉장히 잘

차려입고 있었다. 톰은 그 아이를 바라보며 콧방귀를 뀌었지만 그럴수록 자신이 너무 초라해 보이는 것은 어쩔 수 없었다.

둘이 마주보게 되자 둘은 서로에게서 눈을 떼지 않은 채 가만히 서 있었다.

이윽고 톰이 말문을 열었다.

"한 대 맞을래?"

"어디 한번 해보시지."

"못 할 줄 알고."

"못 할걸."

둘은 그렇게 한참 말싸움 아닌 말싸움을 했다. 말싸움이라기보다는 기 싸움이었다.

말싸움 끝에 톰이 말했다.

"꺼지지 못해!"

"네 놈이나 꺼져!"

그러자 톰이 엄지발가락으로 땅에 줄을 그으며 말했다.

"이 금만 넘어봐. 벌벌 기어 다닐 정도로 패줄 테니!"

낯선 아이가 즉시 선을 넘으며 말했다.

"어디, 패보시지!"

"그렇게 조르지 마. 금세 후회하게 될걸."

"왜 말로만 큰소리 치고 꼼짝도 않는 거지?"

"내가 못 할 줄 알고! 2센트만 내놔봐! 신나게 패줄 테니!"

그러자 아이가 주머니에서 동전 두 개를 꺼내더니 코웃음을 치며 톰에게 내밀었다. 톰은 동전을 두 손으로 쳐서 땅에 떨어뜨렸고 둘은 곧바로 한데 엉겨 붙었다.

두 아이는 한동안 서로 뒤엉긴 채 땅을 뒹굴었지만 약 1분가량 지나자 형세가 판가름 났다. 톰이 낯선 아이를 깔고 앉아 주먹질을 하고 있었던 것이다.

"이제 항복해!"

하지만 아이는 항복하지 않고 빠져나오려고 안간힘을 썼다. 너무 억울하고 화가 났는지 아이는 엉엉 울고 있었다.

"정말 항복 안 할 거야!" 톰은 계속 주먹질을 하며 외쳤다.

마침내 낯선 아이가 숨을 헐떡이며 "항복!"이라고 외쳤고 톰이 그를 일어나게 한 후 말했다.

"이제 똑똑히 알았지! 다음부터는 상대방이 누군지 알고 덤비라고!"

아이는 옷에 묻은 흙을 털더니 훌쩍거리며 그곳을 떠났다. 신이 난 톰은 휘파람을 불며 등을 돌리고 걸어가기 시작했다. 순간 뭔가 날아와서 톰의 양 어깨 사이를 맞추었다. 아이가 돌을 던지고 쏜살같이 도망가기 시작한 것이다. 톰은 몸을 돌리고 아이의 뒤를 쫓아갔지만 아이가 자신의 집에 도착해서 안으로 들어갈 때까지 따라잡지 못했다. 톰은 '어디 두고 보자!'라고 중얼거리며 발걸음을 돌렸다.

톰은 꽤 늦어서야 집에 돌아갈 수 있었다. 톰이 조심스럽게 창문을 통해 안으로 들어가다가 잠복근무 중이던 이모에게 발각되었다. 톰의 옷이 엉망인 것을 본 폴리 이모는 이번 토요일에 녀석에게 호되게 일을 시켜야겠다고 굳게 마음먹었다.

제2장 담장 칠하기 놀이

토요일 아침이 밝았다. 온 세상이 밝고 싱싱하며 생동감이 넘치는 여름철이었다. 모두들 마음속으로 노래를 흥얼거리고 있었으며 젊은이들의 입술로는 노래가 흘러나왔다. 만발한 아카시아 꽃향기가 대기에 그득했고 마을 너머 카디프 힐은 푸르른 초목을 자랑하고 있었다. 저 멀리 보이는 그곳은 마치 『천로역정』의 낙원처럼 모두를 초대하는, 꿈이 넘쳐흐르는 안식처 같았다.

톰이 흰 회반죽을 담은 양동이와 긴 손잡이가 달린 붓을 들고 길가에 나타났다. 톰은 담장을 죽 훑어보았다. 한숨이 절로 나왔다. 3미터 높이의 판자 담장이 무려 30미터나 펼쳐져 있었으니 말이다. 삶이 공허해 보였으며 살아간다는 것 자체가 짐만 같았다. 톰은 붓을 양동이에 푹 담갔다 꺼낸 다음 담장 위쪽부터 칠해나가기 시작했다. 몇 번 반복해서 칠한 뒤 톰은 앞으로 칠해야 할 광활한 대륙과, 방금 칠을 마친 눈에 띌락 말락한 작은 섬을 비교해보았다. 풀이 죽은 톰은 옆의 나무그루터기에 걸터앉았다.

오늘 계획했던 신나는 놀이를 생각하자 톰은 더할 나위 없이 서글퍼졌다. 이제 아이들이 온갖 재미있는 놀이를 하려고 이곳을 지나가겠지. 그리고 일을 하고 있는 자기를 실컷 놀려대겠지. 그 생각을 하니 온몸에서 열불이 나서 견딜 수 없었다. 톰은 주머니에 들어 있는 소지품을 점검해보았다. 하지만 그깟 허섭스레기들로는 잠깐 동안 일을 맡길 수 있을지는 몰라도 단 30분이라도 완전한 자유를 누리기에는 어림도 없었다. 톰은 장난감으로 아이들을 매수하겠다는 생각을 접고 그것들을 다시 주머니에 넣었다. 그런데 그렇게 암담하고 절망적인 순간 톰에게 기막힌 영감이 떠올랐던 것이니! 정말 위대하고 기막힌 영감이었다.

톰은 붓을 집어 들더니 얌전하게 일을 하기 시작했다. 얼마 지나지 않아 벤 로저스의 모습이 눈에 들어왔다. 톰이 놀림감이 될까봐 가장 두려워하던 아이였다. 사과를 입에 문 채 가볍게

폴짝폴짝 뛰어오는 것이 무척이나 기분이 좋은 것 같았다. 입으로 "멈춰! 후퇴! 우현 전진, 좌현 후퇴!"라고 열심히 외치는 것으로 보아 미주리호를 모는 선장 기분을 내는 것 같았다.

톰은 모른 척 회칠을 열심히 하고 있었다. 톰에게 다가온 벤이 톰을 바라보더니 말했다.

"이거 누구야! 정말 안됐다!"

톰은 아무 대꾸도 하지 않았다. 톰은 고개를 갸웃하며 자신이 방금 칠한 부분을 마치 화가처럼 유심히 살펴보았다. 그러고는 다시 한번 붓을 쓱 놀리더니 같은 동작을 되풀이했다. 톰은 사과가 먹고 싶어 입에 군침이 돌았지만 꾹 참고 일에만 몰두했다.

벤이 다시 입을 열었다.

"어이, 톰! 너 지금 일해야 되는구나."

톰이 갑자기 몸을 확 돌리며 말했다.

"아, 벤이구나. 온 줄도 몰랐어."

"어때, 나 지금 헤엄치러 가는 중이거든. 너도 가고 싶지? 하지만 일을 해야겠지? 안 그래?"

톰은 잠시 친구를 빤히 바라보더니 말했다.

"일이라니? 무슨 일?"

"아니, 이게 일이 아니고 뭐야?"

톰은 다시 회칠을 하면서 심드렁하게 말했다.

"뭐, 일이라면 일이랄 수도 있지. 아니라면 아닐 수도 있고. 내가 아는 건 이게 톰 소여의 마음에 든다, 이거야."

"아니, 설마 이 일이 좋아서 한다는 뜻은 아니겠지?"

톰은 쉬지 않고 붓을 놀렸다.

"좋아하냐고? 글쎄, 좋아하지 않을 이유가 있나? 우리들에게 담장에 회칠할 기회가 매일 오는 것도 아니잖아."

톰의 그 말 한마디에 상황이 바뀌었다. 벤은 열심히 깨물어 먹던 사과를 입에서 떼어냈다. 톰은 온갖 점잖을 다 떨며 앞뒤로 붓질을 한 다음 몇 발자국 뒤로 물러나서 붓질한 곳을 바라보았다. 이어서 여기저기 덧칠을 한 다음 다시 뒤로 물러서서 바라보았다. 톰이 하는 짓을 살펴보던 벤은 차츰 흥미를 느끼기 시작하더니 완전히 마음을 빼앗겼다. 마침내 벤이 말했다.

"톰, 내가 한번 해보면 안 될까?"

톰은 곧바로 그의 부탁을 들어주려 했다. 순간, 또 다른 영감이 번쩍 머리를 스쳤다.

"벤, 안 돼. 아무래도 안 되겠어. 너도 알다시피 폴리 이모가 좀 까다로운 분이니? 저 뒤쪽 담장이라면 몰라도 이 길거리 쪽 담장은 여간 신경을 쓰시는 게 아니거든. 정말 조심해서 칠해야 해. 이걸 제대로 할 수 있는 애는 1,000명, 아니 2,000명 중에 하나 있을까 말까일걸."

"톰, 그러지 말고 딱 한 번만 해보자. 아주 조금만……. 내가 너라면 부탁 들어줬을 거다."

"벤, 정말이지 나도 그러고 싶어. 하지만 폴리 이모가……, 시드도 하고 싶어 했지만 이모가 못 하게 하셨어. 이건 꼭 내가 해야 한단 말이야. 만약 네가 이 담장을 칠하다가 잘못되기라도 하면……."

"야! 정말, 치사하게 그럴 거야! 너처럼 조심스럽게 칠할게. 야, 좀 해보자. 이 사과 먹다 남겨서 너 줄게."

"정 그렇다면, 여기 정도는……, 아냐, 벤, 아무래도 안 되겠어. 혹시나……."

"좋아, 이 사과 몽땅 줄게!"

톰은 속으로는 붓을 어서 건네주고 싶었지만 겉으로는 마지못한 듯 붓을 벤에게 넘겨주었다.

곧이어 미주리호 선장이 땀을 뻘뻘 흘리며 회칠을 하는 동안 은퇴한 화가는 그늘 아래 나무통에 걸터앉아 다리를 덜렁거리며 사과를 먹고 있었다. 톰은 사과를 먹으면서 벤보다 더 순진한 녀석들을 어떻게 골탕 먹일까 궁리하고 있었다. 대상은 얼마든지 있었다.

그날 톰을 놀리려고 가까이 왔다가 기꺼이 담장에 회칠을 한 아이들에게서 톰이 획득한 전리품들의 목록은 톰의 그날의 혁혁한 전과를 여실히 보여주었다.

벤이 녹초가 되었을 무렵 나타난 피셔는 손질이 잘된 연(鳶)을 내놓았으며 조에게서는 죽은 쥐 한 마리와 쥐를 매달아 돌리는 데 쓰는 줄을 받았다. 그 외에 공깃돌 12개, 장난감 악기 1개, 안경알처럼 생긴 푸른색 병 유리 조각, 실패로 만든 장난감 대포, 못 쓰게 된 열쇠 하나, 백묵 조각, 유리 병마개, 양철로 만든 병정, 올챙이 몇 마리, 폭죽 6개, 애꾸눈 새끼 고양이 한 마리, 놋쇠 문고리, 개목걸이, 칼 손잡이, 오렌지 껍질 네 조각, 다 망가진 창틀 등 어마어마한 전리품을 획득한 톰은 빈털터리에서 당장에 부자가 되었다.

톰은 세상이 그다지 공허하지는 않다고 중얼거렸다. 그는 자신도 모르는 새, 인간 행동의 위대한 법칙을 하나 발견한 것이다. 즉 어른이건 아이건 그 무언가를 갖고 싶게 만들려면 그걸 얻기 어렵게 만들기만 하면 된다는 간단한 법칙 말이다.

만일 톰이 이 책의 저자처럼 위대한 철학자였다면 '무슨 일이건 의무적으로 해야 하면 노동이 되고 즐겁게 하면 놀이가 된다'라고 말했을 것이다. 여름철에 돈을 펑펑 쓰면서 마차를 몰고 먼 길을 돌아다니는 영국 신사들도, 만일 품삯을 받고 그런 일을 하게 된다면 그것을 노동으로 여기고 당장 그만둘 것이다.

제3장 톰의 슬픔

톰은 곧 폴리 이모 앞에 나타났다. 이모는 침실과 식당과 서재를 두루 겸하고 있는 쾌적한 뒷방에서 창문을 열어놓은 채 창가에 앉아 있었다. 그녀는 뜨개질을 하다말고 꾸벅꾸벅 졸고 있었으며 이모의 무릎 위에서는 고양이가 잠을 자고 있었다.

이모는 보나마나 톰이 벌써 어디론가 도망가고 없을 것이라고 생각하고 있었다. 그런데 대담하게 톰이 앞에 나타나자 이모는 의아한 눈으로 톰을 바라보았다. 톰이 말했다.

"이제 나가 놀아도 돼요, 이모?"

"뭐야? 벌써? 얼마나 칠했는데?"

"전부 다 칠했어요, 이모."

"톰, 거짓말하지 마. 난 거짓말은 못 참는다."

"거짓말 아니에요. 전부 다 칠했어요."

이모는 톰의 말을 믿을 수 없었다. 이모는 직접 확인해보려고 밖으로 나갔다. 그런데, 이럴 수가! 5분의 1이라도 칠해져 있으면 다행이라고 생각하고 있었는데 전부 깨끗이 칠했을 뿐 아니라 정성들여 몇 겹씩 칠을 한 것이 아닌가! 그녀는 너무나 뜻밖의 일이라서 말문이 막히고 말았다.

이모는 너무 기뻐서 벽장에서 아주 좋은 사과 하나를 골라 톰에게 주었다. 이모는 사과를 주면서 성경 구절을 인용해 설교하는 것을 잊지 않았다. 이모가 설교를 하는 동안 톰은 잽싸게 도넛 한 개를 슬쩍했다.

톰은 도넛과 사과를 들고 밖으로 뛰어나갔다. 그때 2층 뒷방으로 향하는 계단을 오르는 시드의 모습이 보였다. 톰은 눈 깜짝할 사이에 진흙 덩어리를 집어 들었고 순식간에 공중에 진흙 덩어리가 난무하기 시작했다. 시드가 우박처럼 진흙 세례를 받는 것을 보고 깜짝 놀란 이모가 시드를 구하러 나섰지만 시드는 이미 예닐곱 개의 진흙 포탄을 맞은 뒤였고 톰은 어느새 담장을 넘어 모습을 감추어버렸다.

밖으로 나선 톰은 마음이 후련했다. 검정 실 이야기로 자기를 곤경에 빠뜨린 시드에게 단단히 앙갚음을 한 때문이었다.

톰은 골목길을 지나 한걸음에 마을 광장으로 달려갔다. 그곳에는 이미 약속한 대로 전쟁놀이를 하기 위해 아이들이 두 부대로 나뉘어 모여 있었다. 톰은 그중 한 부대의 대장이었고 다른 한 부대는 톰과 친한 조 하퍼가 대장이었다. 오랫동안 치열한 격전 끝에 톰의 부대가 승리를 거두었다. 양 부대는 전사자를 점검하고 포로들을 교환한 뒤 다음 번 전투 날짜를 정하고 헤어졌다.

톰은 집을 향하여 발걸음을 옮기고 있었다. 그런데 새처 씨의 집 앞을 지날 때 그 집 정원에 웬 낯선 소녀 한 명이 서 있는 것이 보였다. 파란 눈에 얼굴이 예쁘장한 작은 소녀로서 노란 머리를 두 갈래로 길게 땋아 내리고 있었다. 방금 혁혁한 무공을 세운 영웅은 한 발의 총도 쏘아보지 못한 채 그 자리에서 그만 항복 선언을 해버렸다. 이제까지 톰의 마음속을 차지하고 있던 에이미는 흔적도 없이 사라져버렸다. 1주일 전에 사랑을 고백하고 1주일 동안 그토록 행복했건만 마당에 서 있는 미지의 그 소녀를 보는 순간 에이미는 잠깐 그에게 들렀다 사라진 낯선 손님이 되어버린 것이다.

톰은 그 소녀가 자신을 보았는지 곁눈질로 확인한 뒤에 소녀의 마음을 끌기 위해 아이들이 하는 온갖 터무니없는 재주를 보이며 자신을 과시하기 시작했다. 톰이 아슬아슬한 물구나무 서기 묘기를 부리며 흘낏 소녀 쪽을 바라보니 그녀는 집 안으로 들어가고 있었다. 톰은 부리나케 그 집을 향해 달려가 담장에 몸을 기댄 채 그녀가 안으로 들어가지 않기를 간절히 바랐다. 하지만 소녀는 계단 위에서 잠시 걸음을 멈추었을 뿐 계속 문을 향해 걸어갔다. 톰은 한숨을 내쉬었다. 순간 톰의 얼굴이 밝아졌다. 소녀가 집 안으로 모습을 감추기 직전 담장 너머로 팬지꽃 한 송이를 던진 것이었다.

톰은 다시 물구나무를 서서 팬지꽃을 향해 다가간 후 발가락으로 꽃을 집어 들었다. 그리고 재빨리 길모퉁이로 모습을 감춘 채 팬지꽃을 윗저고리 단추 구멍에 꽂고는 다시 담장으로 돌아왔다. 그날 톰은 밤이 될 때까지 그 담장 아래서 여전히 '쇼'를 했다. 소녀의 모습은 보이지 않았지만 그녀가 창문 근처에서 보고 있을지도 모른다고 생각하며 자신을 위로했다.

그날 저녁을 먹는 내내 톰이 어찌나 들떠 있었는지 폴리 이모는 저 애 머리가 어떻게 된 게 아닌가, 의심할 정도였다. 톰은 시드에게 진흙 덩어리를 던진 일로 이모에게 야단을 맞았지만 담담하게 그 야단을 받아들였다.

그런데 이모가 잠시 식탁을 비우고 부엌으로 갔을 때 사고가 터졌다. 하지만 독자의 예상과는 달리 사고를 일으킨 장본인은 톰이 아니라 시드였다. 시드가 설탕을 집으려다 그만 손이 미끄러지면서 그릇이 떨어져 깨져버린 것이다. 톰은 너무 기뻤다. 이모는 자기가 설탕에 손을 댈 때마다 야단을 치면서도 시드는 가만히 내버려두었었다. 하지만 그릇을 깨버렸으니 저 귀염둥이 모범생이 혼꾸멍나는 모습을 볼 수 있게 된 것이다.

톰은 속으로 생각했다.

'그래, 미리 말해주지 않을 거야. 이모가 화가 머리끝까지 났을 때 조용히 말해줘야지. 히히, 신난다.'

하지만 톰의 예상은 보기 좋게 빗나갔다. 그릇이 깨진 것을 본 이모가 자제력을 잃을 정도로 화가 나 있던 순간까지도 톰은 앞으로 벌어질 광경을 미리 예상하며 느긋한 기분이었다. 그런데 톰이 '이제 곧 시작이야'라며 본격적인 달콤한 기분에 젖어들려는 순간, 아뿔싸! 톰의 몸뚱이는 이내 마룻바닥을 나뒹굴고 있었다. 이모가 톰을 내리치려고 힘센 손바닥을 치켜드는 순간 톰이 소리쳤다.

"이모, 잠깐만! 왜 저를 때리는 거예요? 시드가 그랬단 말이에요!"

폴리 이모는 어쩔 줄 모르며 팔을 거두어들였다. 톰은 이모가 미안하다는 위로의 말을 해주길 기대했다. 하지만 이모는 고작 이렇게 말했을 뿐이었다.

"그래? 그렇구나. 하지만 네가 공연히 얻어맞은 건 아니야. 내가 없을 때 분명 뭔가 나쁜 짓을 저질렀을 게 틀림없으니까."

폴리 이모는 내심 톰을 위로해주고 싶었다. 하지만 그랬다가는 이 애에게 자신이 잘못했다는 것을 인정하는 꼴이 될 것이고, 그렇게 되면 톰을 영영 교육시키기 어려울 것 같았다. 톰은 부루퉁한 얼굴로 구석에 웅크리고 앉아 있었다. 하지만 톰은 내심 이 불행을 즐기고 있었다. 이모가 마음속으로는 자신에게 무릎을 꿇고 있다는 것을 톰은 알고 있었고 그렇기에 침울한 가운데 기쁘기도 했다.

'그래, 이모에게 아무런 내색도 안 할 거야. 이모가 뭐라고 해도 못 들은 척할 거야.'

그 자리에 웅크리고 앉아 톰은 자기가 중병에 걸려 죽어가고 있고 이모가 허리를 구부린 채 용서해달라고 빌고 있는 모습을 상상해보았다.

'아무리 용서해달라고 해도 벽 쪽으로 돌아누운 채 끝까지 용서해준다는 말을 하지 않을 거야. 그냥 그대로 죽어버릴 거

야. 그러면 이모 기분이 어떨까?'

그는 자기가 강물에 빠져 죽어 시체가 되어 돌아오는 장면을 상상해 보기도 했다. 그러면 이모는 억수 같은 눈물을 흘리며 시체 위에 몸을 던지겠지? 하지만 때는 늦은 거야. 내가 살아 있을 때 잘해줬어야지.

그런 상상에 젖어 있자니 톰은 점점 기분이 울적해졌다. 두 눈에 눈물이 흥건히 고였고 이내 뺨을 타고 흘러내렸다. 하지만 이렇게 비탄에 젖어 있자니 이상하게도 너무 기분이 좋았다. 세속적인 기쁨이나 즐거움 따위는 범접하기 어려운 무슨 신성한 기분에 젖어 있는 것 같았다.

톰이 그렇게 자기만의 천상의 행복을 누리고 있을 때 방해꾼이 나타났다. 1주일 간 시골에 가 있던 이종사촌 누나 메리가 돌아온 것이다. 기분이 좋은지 춤추듯 가벼운 발걸음으로 메리가 집 안으로 들어서자 톰은 밖으로 나가버렸다. 메리가 한쪽 문으로 노래와 밝은 햇살을 몰고 왔다면 톰은 구름과 어둠속으로 나가버린 것이다.

톰은 아이들과 자주 모이는 곳을 피해 일부러 황량한 장소를 찾았다. 강물에 떠 있는 뗏목이 그를 부르고 있었다. 그는 뗏목 가장자리에 앉아 황량하고 드넓은 강물을 바라보며 이대로 아무 고통 없이 강물에 빠져 죽으면 좋겠다고 생각했다. 그때 문득 팬지꽃이 생각났다. 톰은 시든 꽃을 꺼냈다. 그러자 음울한 행복이 한층 더해졌다. 만일 자신이 물에 빠져 죽은 걸 그 소녀가 알게 된다면 슬퍼해줄까? 이 거짓투성이 세상의 사람들처럼 자기에게서 등을 돌릴까? 그 상상 속의 고통은 너무 감미로운 고통이었다. 톰은 그 감미로움을 한껏 맛본 후에 한숨을 내쉬며 뗏목에서 일어나 어둠 속을 향해 발걸음을 옮겼다.

10시가 가까워지고 있었다. 톰은 인적이 끊긴 거리를 따라 그 예쁜 소녀가 살고 있는 집 쪽으로 향했다. 톰은 그 집 앞에서 잠깐 걸음을 멈추고 귀를 기울여보았다. 아무 소리도 들리지 않았다. 2층 창문 커튼 뒤에서 은은한 불빛이 흘러나오고 있었다. 바로 저곳이 성스러운 곳이란 말인가? 톰은 몰래 담장을 넘어 마당으로 들어섰다. 톰은 설레는 마음으로 창문을 올려다보다가 시들어버린 꽃을 손에 들고 맨땅에 반듯하게 누웠다.

그래, 나는 이렇게 죽어갈 거야. 이 차가운 세상에서 집 없는 아이의 머리를 가려줄 지붕 하나 없이. 이마에 흐르는 죽음의 땀을 닦아줄 친구 하나 없이. 그 고통스러운 순간에 자기를 내려다보며 슬퍼할 다정한 사람 하나 없이. 아, 소녀가 상쾌한 기분으로 아침에 밖을 내다보다 내 주검을 발견하겠지. 싸늘하게 식은 주검 위에 눈물 한 방울 흘려줄 것인가?

바로 그때였다. 창문이 열리더니 귀에 거슬리는 하녀의 목소리가 그 거룩한 정적을 깨뜨렸다. 그뿐 아니었다. 거룩한 마음으로 누워 있는 이 순교자의 머리 위에 물벼락이 쏟아졌다. 하마터면 숨이 막힐 뻔했던 우리의 영웅은 재빨리 자리를 박차고 일어나 담장 너머 어둠 속으로 쏜살같이 사라졌다.

제4장 빨간 딱지와 노란 딱지

일요일이었다. 메리와 톰과 시드는 주일학교를 향해 출발했다. 메리가 공들여 톰을 씻기고 옷을 입히고 나니 톰은 몰라보게 멋쟁이가 되었다. 하지만 정작 톰은 불편하기 짝이 없었다. 메리가 구두까지 신기려 하니 영 기분이 말이 아니었다. 게다가 메리가 구두에 반들반들하게 양초를 입히자 톰은 벌컥 화를 내며 싫다는 일은 골고루 다 한다고 불평했다. 메리가 "톰, 그래야 착한 아이지"라며 톰을 달래자, 톰은 할 수 없이 구두에 발을 집어넣었다.

톰은 주일학교를 지긋지긋하게 싫어했지만 시드와 메리는 좋아했다. 주일학교는 9시부터 10시 반까지였고 수업이 끝나면 예배가 있었다. 메리와 시드는 수업이 끝나고도 설교를 들기 위해 언제나 남았다. 하지만 톰이 남아 있는 이유는 둘과 달랐다.

교회 문 앞에 이르자 톰은 나들이옷을 입은 한 아이에게 말을 걸었다.

"어이, 빌리. 너 노란 딱지 있니?"

"응, 있어."

"너 그거 다른 거랑 바꿀래?"

"뭐하고?"

"사탕 한 개랑 낚시 바늘."

"어디 봐."

톰은 물건을 꺼내어 보여주었다. 빌리가 마음에 들어 했고 곧바로 물물교환이 이루어졌다. 톰은 이어서 구슬 세 개를 빨간 딱지 세 장과 바꾸었고, 그 밖의 잡동사니들을 파란 딱지 네 장과 바꾸었다. 이후에도 톰은 약 15분 동안 문 앞에 지키고 서서 계속해서 딱지들을 모았다.

잠시 후 톰은 재잘거리는 다른 소녀 아이들과 함께 교회로 들어가 자리를 잡고 앉았다. 자리를 잡고 앉은 톰은 잠시도 얌전히 있지 않았다.

우선 시작한 것은 옆 자리 아이와의 말다툼이었다. 나이 지긋한 선생이 와서 싸움을 말리자 잠시 가만히 있던 톰은 바로 옆에 앉아 있던 아이의 머리카락을 잡아당겼다. 그 아이가 고개를 돌리자 톰은 코를 처박고 책을 읽는 척했다. 이어서 어떤 아이를 핀으로 찔러 비명을 지르게 만들었고 선생에게 꾸지람을 들었다.

이어서 성경 암송을 테스트하는 시간이 되었다. 성경 두 구절을 외우면 교장 선생님은 파란 딱지를 상으로 주었다. 파란 딱지가 열 장이 되면 빨간 딱지 한 장을 받을 수 있었고 빨간 딱지 열 장은 노란 딱지 한 장과 맞먹었다. 노란 딱지 열 장을 모으면 교장 선생님은 그 학생에게 수수하게 제본된 성경 한 권(그 좋던 시절에 40센트를 주면 살 수 있는 책)을 주었다. 나는 독자 여러분에게 묻고 싶다. 과연 여러분들 중 열심히 성경 2,000구절을 암송하여 성경책을 받을 수 있는 사람이 있을까?

정말 어려운 일이었지만 메리는 열심히 노력해서 성경을 두 권이나 받았고 무려 네 권인가 다섯 권을 받은 독일계 아이도 있었다. 그 아이는 언젠가 쉬지 않고 3,000구절을 암송한 적이 있었다. 하지만 아뿔싸! 너무 무리해서 머리에 긴장을 준 탓인지 그날 이후 그 애는 그만 바보 천치가 되어버렸다.

예배 시간이 되자 교장 선생님이 아이들을 향하여 말했다.

"이렇게 밝고 깨끗한 모습으로 여러분들이 착한 사람이 되려고 이 자리에 모인 것을 보니 정말 너무 기쁩니다."

이어서 교장이 길게 훈시를 했지만 내가 여기서 그 훈시를 되풀이하고 싶은 생각은 추호도 없다. 판에 박힌 이야기이며 우리가 모두 잘 알고 있는 이야기인 때문이다. 게다가 훈시의 마지막 3분의 1은 개구쟁이 녀석들이 싸움질과 장난질을 해대는 바람에 엉망이 되고 말았다. 훈시가 길어지자 아이들은 안달하기 시작했고 바윗덩어리처럼 흔들림이 없던 아이들까지 들썩거렸다. 이윽고 훈시가 끝나자 아이들은 안도의 한숨을 내쉬었다. 묘한 것이 훈시 때는 그렇게 시끌벅적하던 실내가 훈시가 끝나자 조용해졌다는 사실이다.

잠시 후 아이들이 다시 술렁거리기 시작했다. 이 조용한 마을 교회에서는 아주 드문 사건이 벌어진 것이다. 다름 아니라 군(郡)의 판사가 이곳에서 당분간 지내기 위해 방문한 것이다. 제일 먼저 이 마을 새처 변호사가 기운이 없어 보이는 나이 지긋한 노인과 함께 들어왔다. 이어서 풍채가 당당한 중년 남자, 그리고 그의 부인인 듯한 얌전한 여자가 조그마한 소녀를 데리고 들어왔다. 소녀를 보자 톰은 안절부절못했다. 바로 그 소녀였던 것이다. 톰은 마음의 동요를 느끼면서 동시에 양심의 가

책을 느끼기도 했다. 에이미에 대한 미안함 때문이었다. 톰은 도저히 에이미와 눈길을 마주칠 수 없었다.

소녀를 보는 순간 행복감이 훨훨 불타오른 톰은 또 한 번 '쇼'를 했다. 닥치는 대로 아이들을 때리고 머리카락을 잡아당기고 인상을 써댄 것이다. 한마디로 그 소녀를 매혹시키거나 박수갈채를 받을 수 있다고 생각되는 일은 빼놓지 않고 했다고 보면 된다.

방문객 일행은 귀빈석으로 안내되었다. 월터스 교장 선생님은 귀빈들을 소개했다. 중년 신사가 바로 군(郡) 판사로서 아이들이 이제까지 만나본 사람들 중에서 가장 고귀한 인물이었다. 그는 새처 판사로서 이 마을 변호사 제프 새처 씨의 형이었다.

귀빈들 소개가 끝났으니 이제 월터스 교장 선생님이 손님들에게 자랑할 만한 프로그램을 선보일 차례였다. 교장 선생님은 아이들의 성경 암송 솜씨를 손님들에게 자랑하고 싶었다. 하지만 노란 딱지를 열 장이나 가진 학생은 아무도 없다는 것을 교장 선생님은 이미 알고 있었다. 미리 학생들 사이를 돌아다니며 물었던 것이다. 교장 선생님은 그 독일인 학생이 다시 똑똑해져서 이 주일학교에 나올 수 있다면 이 세상을 다 주어도 아깝지 않을 것 같은 심정이었다.

교장 선생님이 절망에 빠지려는 순간 놀랍게도 구원자가 나타났다. 바로 우리의 톰, 바로 그 톰 소여였다. 톰 소여는 앞으로 걸어 나오더니 노란 딱지 아홉 장에 빨간 딱지 아홉 장, 그리고 파란 딱지 열 장을 당당하게 내밀며 성경을 달라고 했다. 한 마디로 '청천벽력'이었다. 월터스 교장 선생님은 톰을 잘 알고 있었고 적어도 앞으로 10년 안에 톰이 성경책을 받을 일은 없으리라고 생각하고 있었던 것이다. 딱지를 이리저리 열심히 살펴보았지만 '진품'이 틀림없었다.

마침내 본부에서 이 엄청난 사실을 발표했다. 지난 10년간 있었던 사건들 중에서 가장 놀라운 사건이었고, 이 사건은 군(郡) 판사의 방문만큼 획기적인 사건의 반열에 올랐다. 그제야 톰의 술책을 알아챈 사내아이들이 질투심에 사로잡혔음은 물론이다. 특히 자신들이 모은 딱지를 지난번 담장을 칠하게 해준 대가로 톰에게 바쳤던 것들과 맞바꾼 것을 알게 된 아이들은 땅을 칠 수밖에 없었다.

교장 선생님은 톰에게 상을 주면서도 이 아이가 성경을 2,000구절이나 외우리라고는 도저히 믿을 수 없었다. 열 구절도 힘겨워 할 아이가 아닌가?

교장은 톰을 새처 판사에게 소개해주었다. 그러자 새처 판사가 톰의 머리를 쓰다듬으며 말했다.

"정말 장하다. 나중에 훌륭한 사람이 되면 그게 모두 어릴 때 주일학교에 다니면서 성경을 열심히 외운 덕분이라는 것을 알게 될 거다. 네가 외운 2,000구절은 억만금을 주어도 바꿀 수 없는, 아주 귀한 거야. 자, 여기 나와 있는 부인께 네가 외운 구절을 조금만 들려주지 않겠니? 그래, 너, 예수님의 열두 제자 이름도 다 알고 있을 거야. 그 가운데 제일 먼저 제자가 된 두 사람 이름을 말해줄 수 있겠니?"

톰은 단춧구멍을 손가락으로 잡아당기며 수줍은 표정을 짓고 있었다. 톰은 얼굴을 붉히며 눈을 내리깔았다. 월터스 교장 선생님은 가슴이 철렁 내려앉았다. 교장 선생님은 톰이 아주 간단한 질문에도 대답을 할 수 없으리라는 것을 잘 알고 있었다. 도대체 새처 판사는 저 애에게 왜 저런 것을 묻는단 말인가? 하지만 교장 선생님은 뭔가 말을 해야만 한다고 느끼고 입을 열었다.

"자, 토머스, 판사님 질문에 대답해야지. 겁내지 말아라."

톰은 여전히 대답을 못 하고 꾸물대고 있었다.

"얘, 내게는 말할 수 있겠지? 너무 수줍어하는 것 같아." 부인이 말했다. "맨 처음 예수님 제자가 된 사람들 이름은?"

"다윗과 골리앗이요."

톰의 입에서 예수보다 무려 1,500년이나 앞선 구약의 인물들 이름이 나오고 말았다.

이후에 벌어진 장면은 인정상 차라리 막을 내리고 가려버리는 것이 나을 것이다.

제5장 사랑해!

월요일 아침이 되자 톰 소여는 늘 그렇듯이 참담한 기분이었다. 또다시 1주일 동안 학교에 가야만 하는 기나긴 고난의 세월이 시작된 때문이었다. 톰은 차라리 토요일이나 일요일 같은 휴일이 없는 게 낫겠다고 불평을 하곤 했다. 재미있는 휴일을 보낸 뒤 다시 족쇄를 차고 학교생활의 포로가 되는 것이 훨씬 더 지긋지긋하게 여겨진 때문이었다.

잠에서 깬 톰은 이런저런 생각에 젖어 자리에 누워 있었다. 문득 몸이 아프면 얼마나 좋을까 하는 생각이 들었다. 그러면 학교에 가지 않아도 될 텐데……. 톰은 여기저기 몸을 만져보았다. 아무 데도 아픈 곳이 없었다. 그러다가 갑자기 뭔가 찾아냈다. 위쪽 앞니 하나가 흔들리고 있었던 것이다.

톰은 억지로 신음 소리를 내며, 옆에서 정신없이 코를 골고 있는 시드를 흔들어 깨웠다. 시드는 하품을 하며 기지개를 켜더니 신음 소리를 내는 톰을 바라보았다.

"형, 왜 그래? 어디 아파?"

하지만 톰은 꼼짝 않고 누운 채 계속 신음 소리를 냈다. 시드는 계속 톰의 몸을 흔들며 걱정스러운 표정으로 톰을 바라보았다.

그러자 톰이 다 죽어가는 목소리로 말했다.

"아, 안 돼, 시드. 흔들지 마. 그러면 죽을 것 같아."

"형, 좀 더 일찍 깨우지! 형, 그런 소리 하지 마. 너무 무서워. 형 도대체 어디가 아픈 거야?"

"시드, 모든 걸 다 용서해줄게. 내가 죽으면……, 다 용서해줄 거야. 내가 죽으면……, 내 창틀이랑 애꾸눈 고양이를……, 새로 이사 온 여자아이에게 전해줘. 그리고 그 애한테……."

하지만 톰은 미처 말을 다 맺지 못했다. 시드가 "이모! 이모오!"라고 외치며 방에서 뛰쳐나간 것이다. 폴리 이모를 보자 시드가 "이모, 빨리 와봐요. 형이 죽어가고 있어요!"라고 외쳤고, 이모는 놀라서 계단을 뛰어 올라갔다.

결국 그날 톰은 소기의 목적을 달성하지 못하고 이모의 숙련된 솜씨에 의해 앓니를 뽑혔을 뿐이었다. 이모는 명주실 한쪽 끝에 동그란 고리를 만들어 톰의 이를 묶었다. 이어서 이모는 다른 한쪽 끝을 침대 기둥에 잡아맸다. 그러고 나서 이모는 숯불덩이를 집어 들더니 느닷없이 톰의 면전에 들이댔다. 순식간에 톰의 앞니는 침대 기둥에 대롱대롱 매달려 있었다.

모든 고통에는 반드시 보상이 따르는 법이다. 아침을 먹고 학교로 가는 길에 톰은 만나는 모든 친구들의 선망의 대상이 되었다. 톰이 앞니가 빠진 틈새를 통해 경탄할 만한 새로운 방법으로 침을 뱉을 수 있게 된 것이다. 톰의 재주를 보려고 아이들이 그의 곁에 구름처럼 모여들었다. 칼에 손가락을 베여서 이제까지 아이들의 관심과 찬사를 받아온 아이는 갑자기 추종자를 잃었고 영광도 사라져버렸다. 마음이 무거워진 그 아이는 "칫, 이빨 사이로 침을 뱉는 게 뭐 그리 대단하다고……"라며 툴툴거렸다. 그러자 다른 아이가 "제가 못하니까, 괜히 오기를 부리네"라고 말했고, 그 아이는 무장해제 당한 영웅처럼 자리를 떠버렸다.

잠시 뒤 톰은 이 마을에서 유명한 부랑자 아이 허클베리 핀과 우연히 마주쳤다. 그의 아버지는 소문난 주정뱅이였다. 허클베리는 동네 어머니들이 정말로 미워하고 두려워하는 아이였다. 아이들에게는 허클베리 핀과 어울리는 것, 아니, 그와 이야기를 나누는 것조차 금지되어 있었다. 그가 게으르고 제멋대로였으며, 상스럽고 질이 좋지 않은 데다 무엇보다 모든 아이들이 그를 우러러보기 때문이었다. 아이들은 허클베리 핀이 누리고 있는 이른바 '금지된 사회'에 혹해 있었으며 '나도 쟤처럼 되었으면 얼마나 좋을까' 하는 소망을 품고 있었다. 톰도 마찬가지였다. 톰도 허클베리 핀과 어울려서는 안 된다는 엄중한 경고를 받고 있었지만 그의 화려한 떠돌이 생활이 부러웠다. 그래서 톰은 틈만 나면 어른들 몰래 그와 놀았다.

허클베리 핀은 언제나 어른들이 입다 버린 넝마 같은 누더기 옷을 펄럭이고 다녔다. 헝클어진 머리에 낡아빠진 모자는 챙이 반쯤 떨어져 나가 초승달처럼 너덜거렸다. 외투를 걸쳤을 때는 옷자락이 발뒤꿈치까지 닿았고, 뒤쪽에 달린 단추는 엉덩이 근처에 매달려 있었다.

허클베리는 마음 내키는 대로 어디든 왔다 갔다 했다. 날이 좋으면 계단에서 잠을 잤고 궂은 날이면 커다란 빈 통 안에서 잤다. 학교도, 교회도 갈 필요가 없었고 그 누구한테도 선생님이라 부르지 않았으며 어느 누구의 명령도 따를 필요가 없었다. 그는 낚시질이건 수영이건 자기가 하고 싶은 것을 마음대로 할 수 있었으며 싸우지 말라고 말리는 사람도 없었다. 봄이 되면 누구보다 먼저 신발을 벗어 던졌고, 가을이 되면 그 누구보다 늦게 신발을 신었다. 몸을 씻지도 않았고 깨끗한 옷을 입지도 않았으며 그 누구보다 멋지게 욕지거리를 날릴 수 있었다. 한마디로 그 아이는 인생을 값진 것으로 만들어줄 수 있는 모든 것을 갖추고 있었다. 적어도, 어른들에게 시달리면서 통제를 받아 얌전하게 지내야 하는 이곳 세인트-피터스버그의 아이들은 모두 그렇게 생각했다.

톰이 이 낭만적인 부랑아를 보자 큰 소리로 불렀다.

"어이, 헉(아이들은 그를 헉이라고 불렀다)!"

"아, 톰이로구나. 그런데, 이거 어때 보여?"

"그게 뭔데?"

"죽은 고양이."

"어디 좀 보자. 빳빳하게 굳었네. 어디서 났어?"

"어떤 애한테 딱지 한 장과 도살장에서 주운 소 오줌통을 주고 대신 받았어."

"그런데 헉, 이 죽은 고양이로 뭘 하려고?"

"사마귀를 떼려고."

"죽은 고양이로 어떻게 사마귀를 떼는데?"

"누군가 사악한 사람이 죽어서 묻히면 한밤중에 죽은 고양이를 들고 공동묘지로 가는 거야. 자정이 되면 악마가 하나 나타나지. 어쩌면 둘이나 셋일 수도 있어. 눈에 보이지는 않지만 바람소리 비슷한 소리를 내는 걸 들을 수는 있어. 어쩌면 악마들이 소곤대는 소리를 들을 수 있을지도 몰라. 악마들이 죽은 자를 데려가려 할 때 고양이를 던지며 이렇게 소리치는 거야. '악마는 시체를 따라가라! 고양이는 악마를 따라가라! 사마귀는 고양이를 따라가라! 이제 사마귀와는 이별이다!' 그러면 얼굴에 붙어 있던 사마귀가 딱 떨어지게 되어 있어."

"야, 그거 그럴 듯하다. 헉, 너 그렇게 해본 적 있어?"

"아니. 하지만 홉킨스 할망구가 얘기해줬어."

"그렇다면 맞을 거야. 다들 그 할망구는 마녀라고 하잖아."

"진짜 마녀야. 아버지가 그 할망구 마술에 걸려 팔이 부러진 적이 있어."

"그런데 헉, 언제 그 고양이를 실험해볼 거야?"

"오늘 밤에. 오늘 밤 호스 윌리엄스 영감의 시체를 파러 악마들이 올 것 같아."

"오늘 밤? 나도 가도 돼?"

"물론이지. 무섭지만 않다면."

"무슨 소리를! 내가 무서워할 사람 같아? 오늘 밤 우리 집에 와서 '야옹' 하고 고양이 소리를 내. 나도 고양이 소리를 내고 곧 나갈게."

두 아이는 약속을 하고 헤어졌다.

톰은 마을에서 약간 떨어져 있는 자그마한 학교 건물로 들어갔다. 톰은 마치 서둘러 뛰어온 척하며 교실 안으로 들어가 자기 자리에 앉았다. 선생님은 의자에 앉아 아이들이 중얼중얼 책 읽는 소리를 자장가 삼아 꾸벅꾸벅 졸고 있었다. 톰이 들어오는 소리에 선생님은 잠에서 깨어나 톰을 불렀다.

"토머스 소여!"

톰은 자기 성까지 함께 불리는 건 좋지 않은 조짐이라는 것을 잘 알고 있었다.

"예, 선생님!"

"자, 어서 이리 나와. 늘 그렇듯이 또 지각을 했지. 자, 오늘은 무슨 일로 늦었는지 어서 나와서 말해봐."

톰이 거짓말을 꾸며대려고 궁리하는 순간, 두 갈래로 땋아 등 아래로 길게 늘어뜨린 머리카락이 눈에 들어왔다. 톰은 찌르르 전기가 흐르는 것 같았다. 사랑에 빠진 바로 그 소녀였다. 그는 여자아이들 자리들 중에 그 소녀 옆 자리만 비어 있는 것을 보고 재빨리 머리를 굴렸다.

"허클베리 핀을 만나서 이야기를 나누느라 늦었습니다."

선생님은 도대체 얘가 무슨 소리를 하고 있느냐는 듯 멍한 표정이었고 학생들의 웅얼거리던 소리도 딱 멎었다. 아이들은 저렇게 무모한 소리를 하다니 혹시 톰이 돈 것 아닌가 의아해 했다. 선생님이 톰에게 확인하듯 물었다.

"뭐, 뭘 했다고?"

"허클베리 핀과 이야기를 했습니다."

"토머스 소여! 이렇게 대담한 고백을 하는 건 처음 보는구나! 이런 고약한 놈에게는 웬만한 벌로는 안 되겠다. 어서 윗도리를 벗어!"

선생님은 팔이 아플 때까지 회초리로 톰을 때렸다. 선생님은 지칠 때까지 톰에게 매질을 한 다음 말했다.

"너, 저기 여학생들 자리에 가서 앉아! 다시는 이런 짓 하지 말라는 경고다!"

아이들은 킥킥거렸고 톰은 어쩔 줄 몰라 했다. 하지만 창피해서 어쩔 줄 몰라 한 것이 아니라 작전이 성공했기에 기뻐서 어쩔 줄 몰라 한 것이다. 톰은 두 갈래로 머리를 땋은 소녀 옆에 앉아 책을 읽는 척했다.

톰은 옆 자리의 소녀를 흘낏 바라보았다. 톰은 그녀에게 슬쩍 복숭아를 내밀었다. 소녀는 얼른 그 복숭아를 다시 톰의 자리로 옮겨놓았다. 그러자 톰은 다시 복숭아를 그녀 쪽으로 옮겨놓고는 석판 위에 '제발 받아줘. 난 또 있어'라고 써서 소녀에게 보여주었다. 소녀는 눈을 슬쩍 흘겼지만 그다지 싫은 표정은 아니었다.

톰은 석판에 쓴 글씨를 지운 뒤에 그림을 그리기 시작했다. 그러자 소녀가 흥미가 있다는 듯 기웃거렸다. 본능적 호기심이었다. 톰은 눈치를 챘지만 모르는 척 그림을 계속 그렸다. 마침내 그녀가 호기심에 굴복해서 쭈뼛거리며 말했다.

"좀, 보여줄래?"

톰은 그림을 보여주었다. 집을 만화풍으로 그린 그림이었다.

"멋있네. 나도 그림을 그릴 수 있으면 좋겠네."

"쉬워. 내가 가르쳐줄게."

"정말? 언제 가르쳐줄래?"

"점심시간에. 점심시간에 너 집에 안 가?"

"네가 안 가면 나도 안 갈래."

"좋았어. 약속한 거다! 그런데 네 이름이 뭐니?"

"베키 새처. 네 이름은? 아, 참, 아까 들었지. 토머스 소여?"

"그건 매 맞을 때나 불리는 이름이야. 그냥 톰이라고 불러."

"알았어."

톰은 손으로 석판을 가리고 뭔가 글씨를 쓰기 시작했다. 그러자 소녀가 보여달라고 졸랐다. 그러자 톰이 말했다.

"아무것도 아냐. 넌 보고 싶지 않을 거야."

"아냐, 보고 싶어. 어서 보여줘."

"다른 사람들에게 말할 거지?"

"아니, 말하지 않을게."

"아, 정말 보고 싶지 않을 텐데."

이어서 둘 사이에 가벼운 실랑이가 벌어졌고 톰은 마지 못하는 듯 석판을 가린 손을 천천히 치웠다. 그러자 "사랑해"라는 글자가 드러났다.

"정말 못됐어!"라며 소녀가 톰의 손등을 살짝 때렸다. 얼굴이 붉어졌지만 싫지는 않은 눈치였다.

바로 그때 아이는 그 무언가가 자기 귀 쪽으로 가까이 다가오는 것을 느꼈다. 그 느낌을 확인하기도 전에 톰은 번쩍 들어 올려졌다. 톰은 그렇게 귀를 붙잡힌 채 교실을 한 바퀴 빙빙 돌고 나서야 제자리에 앉을 수 있었다. 톰은 귀가 얼얼했지만 마음속에는 기쁨이 넘쳐흐르고 있었다.

제자리에 앉은 톰은 이제 정말 공부를 하겠다고 마음먹었다.

하지만 들뜬 마음에 공부가 될 리 만무했다. 지리 시간에는 호수가 산과, 산이 강과, 강이 대륙과 헷갈리는 바람에 갈피를 잡을 수 없었다. 이어지는 철자법 시간에는 젖먹이도 알 만한 기본 낱말도 생각이 나지 않아 꼴찌를 하는 수모를 겪었다. 다른 건 몰라도 철자법만은 자신 있었는데……. 그날 톰은 자랑스럽게 목에 달고 다니던 메달을 도로 내줄 수밖에 없었다. 철자법에서 좋은 점수를 받은 학생에게 주는 메달이었다.

제6장 약혼

낮 12시에 오전 수업이 끝나자 톰은 다른 아이들과 함께 집으로 가는 척하다가 다시 학교로 돌아왔다. 골목길에서 기다리던 베키와 함께였다. 이미 톰이 그러라고 일러둔 것이다. 둘이 함께 학교로 돌아오자 그 넓은 건물을 둘이 독차지한 셈이 되었다.

둘은 석판을 앞에 두고 나란히 앉았다. 톰은 베키에게 연필을 쥐여준 뒤 그 손을 잡고 아까처럼 멋진 집을 한 채 그렸다. 얼마 동안 그림을 그리다가 싫증이 나자 둘은 이야기를 나누기 시작했다. 톰은 더할 나위 없는 행복에 취해 있었다. 톰이 말했다.

"너, 쥐 좋아하니?"

"아니! 끔찍하게 싫어해!"

"하긴. 살아 있는 쥐를 말하는 게 아니야. 죽은 쥐. 끈으로 묶어서 머리 위로 빙빙 돌리는 쥐 말이야."

"어쨌든 난 싫어. 난 껌이 좋아."

"오, 껌! 나도 좋아해! 껌이 있으면 좋겠다."

"그래? 나한테 있어. 하나밖에 없으니까 번갈아 씹자."

둘은 번갈아 껌을 씹으며 즐거워했다.

이어서 톰은 서커스에 대해 이야기를 하다가 느닷없이 물었다.

"너, 약혼해봤니?"

"그게 뭔데?"

"그러니까……, 결혼하겠다고 약속하는 거."

"안 해봤어."

"한번 해보고 싶지 않니?"

"그러고 싶기도 하고, 잘 모르겠어. 그게 어떤 건데?"

"어떤 거냐고? 별 거 아니야. 한 사내아이에게 언제까지나, 영원히, 영원히 그 사내아이하고만 친하게 지내겠다고 말하면 돼. 그 다음에 키스만 하면 다 되는 거야. 누구나 할 수 있어."

"키스? 키스는 왜 하는데?"

"왜냐고? 그건……, 그건……, 다들 그렇게 하니까. 너, 내가 석판에 쓴 거 기억하고 있어?"

"으…… 응."

"뭐라고 쓰여 있었지?"

"말 안 할래."

"내가 말해줄까?"

"그, 그래……. 하지만 나중에."

"아냐, 지금 할래."

"싫어, 지금은 하지 마……. 내일 해."

"아냐, 지금 할게. 아주 조그만 목소리로 할게."

베키는 머뭇거렸고 톰은 승낙으로 받아들였다. 톰은 한 손으로 베키의 허리를 감싸 안은 채 입술을 베키의 귀에 바싹 갖다 댄 후 아주 부드럽게 사랑한다고 속삭였다. 그런 후 톰이 말했다.

"자, 이제 네가 할 차례야."

베키는 잠시 가만히 있다가 말했다.

"얼굴을 돌리고 있어. 그리고 아무에게도 말하면 안 돼."

"알았어. 아무에게도 말 안 할게."

톰이 고개를 옆으로 돌리자 베키가 머뭇거리며 그의 귀에 대고 속삭였다.

"너를…… 사랑……해."

"자, 베키, 이제 다 끝난 거야. 이제 키스만 하면 돼."

베키는 부끄러워 하얀 앞치마로 얼굴을 가렸다. 그러자 톰이 베키의 두 손을 잡고 가만히 아래로 내렸다. 톰은 베키의 붉은 입술에 입을 맞춘 후 말했다.

"자, 이제 약혼식이 끝난 거야. 이제 나 말고 다른 애를 사랑하면 안 되고, 나 말고 다른 사람하고 결혼해도 안 돼. 영원히 말이야. 그럴 거지?"

"알았어. 너도 나 말고 다른 여자랑 결혼하면 안 돼."

"물론이지. 약혼하면 너무 재미있다. 학교에 올 때도 집에 갈 때도 사람들이 보지 않으면 둘이 함께 다니는 거야. 파티에 갈 때도 넌 언제나 나랑 함께 가는 거야. 약혼하면 다들 그렇게 하는 거야."

"야, 멋있네. 그런 이야기는 처음 들어."

그런데 흥이 난 톰이 그만 실수를 하고 말았다.

"그럼, 얼마나 재밌는데. 정말이야, 에이미랑 나랑……."

베키의 눈이 휘둥그레지는 걸 보고 톰은 아차 싶어 얼른 입을 닫았다. 하지만 이미 엎질러진 물이었다.

"뭐야, 나랑 처음 약혼한 게 아니잖아."

베키는 훌쩍훌쩍 울기 시작했다. 톰이 아무리 달래도 막무가내였다. 톰은 비장의 무기를 꺼냈다. 자신이 가장 아끼는 보물,

즉 벽난로 받침대에서 떼어 낸 놋쇠 손잡이를 그녀에게 내민 것이었다.

"베키, 이거 가질래?"

베키가 손으로 손잡이를 탁 쳤고 손잡이는 마룻바닥에 떨어졌다. 그러자 톰은 갑자기 교실 밖으로 뛰쳐나갔다. 그리고 그날 톰은 다시 학교로 돌아오지 않았다. 잠시 후 밖으로 나간 베키가 놀이터까지 가서 톰을 찾았지만 보이지 않았다. 베키는 큰 소리로 "톰! 돌아와, 톰!"이라고 외쳤다. 하지만 아무 대답도 들리지 않았다. 베키는 그 자리에 주저앉아 울면서 자신을 탓했다. 곧이어 학생들이 몰려들기 시작했다. 베키는 그날 오후 내내 자신의 슬픔을 함께 나눌 이 하나 없는 낯선 아이들 틈에서 홀로, 슬픔을 감추며 상처 입은 마음을 달래야만 했다.

제7장 로빈 후드

톰은 학교로 돌아오는 학생들과 마주치지 않으려고 요리조리 골목길을 걸은 끝에 나무가 빽빽하게 들어서 있는 숲으로 들어갔다. 톰은 떡갈나무 아래 이끼 낀 바닥에 앉았다. 바람 한 점 불어오지 않았고 새들 울음소리조차 들리지 않았다. 마치 대자연이 마법에 걸려 누워 있는 것 같았다. 이따금 어디선가 딱따구리 한 마리가 딱딱딱 하며 나무를 쪼아대는 소리만이 그 마법을 깨뜨릴 뿐이었다.

톰은 울적했다. 그의 기분은 주위 분위기와 아주 잘 어울렸다. 그는 무릎 위에 팔꿈치를 괸 채 두 손으로 턱을 받치고 앉아 생각에 잠겼다. 그에게 인생은 단지 고행일 뿐인 것 같았다. 그에게는 얼마 전에 세상을 떠난 지미 호지스가 부럽다는 생각까지 들었다. 산들바람을 벗 삼아 묘지 안에 누워 영원히 잠을 잔다면 더 이상 근심거리도 슬픔도 없으리라.

그는 그 소녀에 대해 생각했다. 도대체 내가 뭘 잘못했다는 거지? 최선을 다해 호의를 베풀었는데 마치 개처럼, 그래 개처럼 취급당한 것이다! 그 애는 언젠가 후회하겠지만 이미 때는 늦은 뒤이리라. 아, 잠깐 동안 죽을 수만 있다면!

하지만 어린아이의 마음은 고무줄처럼 탄력이 있는 법, 오랫동안 굳어진 틀 속에 웅크리고 있을 수는 없다. 톰은 다시 죽음에서 벗어나 이 세상에 대한 생각으로 되돌아왔다. 내가 이 세상을 등지고 홀연 사라진다면 어떻게 될까? 내가 바다 건너 저 낯선 나라로 가서 영원히 돌아오지 않는다면 어떻게 될까? 그때 그 애는 어떻게 생각할까?

그래, 군인이 되는 거야. 몇 년 뒤에 공을 세우고 개선장군이 되어 당당하게 돌아오는 거야. 아니, 그보다는 인디언 무리와 어울려서 저 대평원에서 물소 떼와 싸우는 게 낫겠다. 인디언 추장이 되어 깃으로 장식을 하고 얼굴에 무서운 색칠을 한 채 주일학교로 쳐들어가는 거야. 친구들이 부러워서 눈알이 다 튀어나올 지경일걸. 아니야. 그보다는 해적이 되는 게 나아. 그래, 바로 그거야!

해적 생각을 하자 톰의 눈이 반짝 빛났다. 그의 눈앞에 탄탄대로가 펼쳐졌고 미래가 휘황찬란하게 빛을 발했다. 내 이름이 전 세계에 알려지리라! 사람들은 내 이름만 들어도 벌벌 떨게 되리라! 검은 쾌속선을 타고 해적 깃발을 휘날리며 파도가 넘실거리는 바다를 질주한다! 아, 얼마나 멋질 것인가! 난데없이 마을에 나타나서 교회 안으로 으스대며 들어가면 사람들이 황홀하게 바라보며 속삭일 거야.

'저 사람이 바로 해적 톰 소여야. 카리브해의 무서운 복수자!'

이로써 모든 것이 해결되었다. 톰의 인생행로가 결정된 것이다. 당장 집을 떠나 그 길로 나서고 싶었다. 내일 아침 바로 시작하리라. 그렇다면 지금 당장 준비를 해야 한다. 물자들을 모두 모아야 한다.

톰은 근처 쓰러져 있는 통나무 곁으로 가더니 나이프로 한쪽 땅을 파기 시작했다. 얼마 뒤 칼끝이 속이 비어 있는 나무에 닿는 소리가 들렸다. 그는 그곳에 손을 집어넣고 엄숙하게 주문을 외었다.

"이곳에 오지 않은 것이여, 오라! 이곳에 있는 것이여, 머물러라!"

그런 후 톰은 흙을 파헤쳤다. 그러자 소나무 널빤지가 나왔고 그 널빤지를 들어 올리자 예쁜 보물 상자가 나왔다. 그 안에는 공깃돌 하나가 들어 있었다. 톰은 너무나 놀랐다! 그는 머리를 긁적이며 당황해서 말했다.

"아니, 이럴 수가!"

톰은 신경질적으로 공깃돌을 집어 던지고는 생각에 잠겼다. 톰을 비롯해 친구들이 조금도 그 효력을 믿어 의심치 않았던 주문이 전혀 통하지 않았던 것이다. 주문을 외우면서 공깃돌 하나를 묻어 놓고 2주일 동안 내버려두었다가 방금 톰이 외웠던 주문을 외우면 그동안 잃어버렸던 공깃돌들이 제아무리 멀리 떨어져 있다 하더라도 고스란히 그 상자 속에 들어와 있어야 했다. 그런데 그 주문이 효험이 없었던 것이다. 지금까지 성공했다는 이야기는 숱하게 들어왔지만 실패했다는 이야기는 단 한 번도 들어본 적이 없었다. 잠시 난감해하던 톰은 필시 어느 마녀가 방해를 해서 마술이 실패한 것이라고 결론 맺었다. 톰은 잠시 마녀와 싸워볼까 하는 생각도 했지만 그래봤자 헛수고라는 것을 그는 잘 알고 있었다.

바로 그때였다. 저 아래 쪽에서 장난감 양철 나팔 소리가 어렴풋이 들려왔다. 톰은 얼른 웃옷과 바지를 벗어던지고 벨트 대신 멜빵을 허리에 둘렀다. 그러고는 나무 뒤쪽에 있는 덤불을 뒤져 엉성하게 만든 활과 화살, 나무칼, 양철 나팔들을 찾아 내어 손에 움켜쥐고는 임전 태세를 취했다. 잠시 후 톰과 마찬가지 차림에 완전 무장을 한 조 하퍼가 나타났다. 그를 보자 톰이 먼저 소리쳤다.

"서지 못할까! 감히 허가증도 받지 않고 이 셔우드숲(영국 노팅엄주에 있는 삼림. 로빈 후드의 근거지)에 함부로 들어온 자가 누구냐!"

"기스본의 가이(로빈 후드 전설에 나오는 악당)에게는 허가증이 필요 없다! 너야말로 어떤 놈이기에 그렇게…… 그렇게……."

"큰소리를 치는가!" 톰이 정확한 대사를 일러주었다. 책에서 읽은 대사를 기억해서 일러준 것이다.

조가 다시 외쳤다.

"어떤 놈이기에 그렇게 큰소리를 치는가!"

"바로 나다! 로빈 후드! 너의 비열한 몸뚱이가 곧 알게 되리라!"

두 아이는 다른 소지품들을 모두 내던지고 칼만 든 채 마주 섰다. 이어서 둘은 칼싸움을 시작했다. 잠시 뒤 톰이 소리쳤다.

"쓰러져! 왜 안 쓰러지는 거야?"

"싫어. 네가 쓰러져. 내가 이기고 있잖아."

"난 안 돼. 책에 그렇게 돼 있지 않아. 네가 쓰러지게 되어 있어."

책에 그렇게 쓰여 있는 이상 도리가 없었다. 조는 톰의 일격을 받고 쓰러졌다.

두 아이는 그렇게 오랫동안 소설 속의 모험을 계속했고 그 모험은 마지막으로 로빈 후드가 숨을 거둘 때까지 이어졌다.

로빈 후드가 숨을 거두자 두 아이는 다시 옷을 입고 무기를 감추었다. 두 아이는 이제 이 세상에 더 이상 로빈 후드 같은 무법자들이 존재하지 않는다는 사실을 애석해하면서, 또한 현대 문명이 그런 무법자들을 없애면서 그 보상으로 무엇을 대신 마련해주었다고 주장할 수 있을지 궁금해하면서 집을 향해 발걸음을 옮겼다. 두 아이는 영원히 미합중국 대통령 노릇을 하는 것보다는 셔우드 숲의 무법자로 1년 동안이나마 지내는 것이 훨씬 나을 것이라고 입을 모아 말했다.

제8장 살인

그날 밤 톰과 시드는 여느 때와 마찬가지로 9시 반에 잠자리에 들었다. 기도를 마친 뒤 시드는 곧장 잠이 들었다. 하지만 톰은 잠들지 않은 채 조바심을 내며 기다리고 있었다. 톰이 이제 거의 동이 틀 무렵이 다 되었겠다고 생각했을 때 겨우 10시를 알리는 종이 울리는 것이 아닌가! 톰은 실망하다 못해 절망했다. 속이 타서 엎치락뒤치락하는 것이 마땅했지만 혹시 시드를 깨울까봐 톰은 꼼짝 않고 누워서 어둠 속을 뚫어져라 응시하고 있었다.

사방은 음산하고 고요했다. 정적 속에서 차츰차츰 겨우 들릴 듯 말 듯한 소리들이 들리기 시작했다. 째깍거리는 시계 소리가 들렸고 낡은 대들보들이 기이하게 삐걱거리는 소리를 냈으며 계단에서도 희미한 소리가 났다. 분명히 귀신들이 돌아다니고 있었다. 폴리 이모 방에서는 코 고는 소리가 희미하게 들려왔다. 침대 머리맡 벽 안에서 수염 벌레 우는 소리가 들리자 톰은 몸서리를 쳤다. 놈이 울면 누군가의 목숨이 다해 가고 있다는 뜻이었다. 오죽하면 놈의 이름에 '죽음 감시자'라는 별명이 붙었겠는가!

톰은 이상하게 고통스러웠다. 마치 시간이 멈추고 영원이 시작된 것 같았다. 그는 깜빡 졸기 시작했다. 시계가 11시를 쳤지만 톰은 그 소리를 듣지 못했다. 바로 그때였다. 톰이 비몽사몽간을 헤매고 있을 때 어디선가 "야옹" 하는 고양이 울음소리가 들렸다. 톰은 정신이 번쩍 들었다. 톰은 얼른 옷을 주워 입고 창을 열고 빠져 나갔다.

잠시 후 톰은 지붕 위를 기어가면서 "야옹" 하고 조심스럽게 고양이 울음소리를 냈다. 톰은 헛간 지붕 위로 뛰어내린 뒤 다시 땅 위로 뛰어내렸다. 허클베리 핀이 죽은 고양이를 들고 그곳에 서 있었다. 두 아이는 재빨리 어둠 속으로 사라졌다. 그로부터 30분 뒤, 두 아이는 공동묘지의 길고 무성한 풀들을 헤치며 걸어가고 있었다.

옛날식으로 지은 낡은 공동묘지는 마을에서 2.5킬로미터 정도 떨어진 언덕 위에 있었다. 성한 데라고는 없이 허울뿐인 널빤지 울타리가 둘러쳐져 있었고 묘지 전체에는 잡초가 무성하게 자라고 있었다. 무덤들이 즐비했지만 비석 하나 세워져 있지 않았다.

산들바람이 불어와 나무들 사이를 스쳐가며 신음 소리를 냈다. 톰은 겁이 더럭 났다. 마치 혼령들이 왜 귀찮게 하느냐고 불평하는 것만 같았다. 두 아이는 숨을 죽인 채 살금살금 묘지 안을 걸어갔다.

드디어 그들은 찾고 있던 무덤을 발견했다. 그들은 무덤에서 몇 미터 떨어진 곳에 있는 커다란 느릅나무 세 그루 뒤에 몸을 숨겼다. 두 아이는 아무 말 없이 뭔가 기다리고 있었다. 숨이 막혀오는 것 같았다. 뭔가 말하지 않으면 그대로 질식할 것만 같았다. 마침내 톰이 입을 열고 낮게 속삭였다.

"헉, 죽은 사람들이 우리가 여기 있는 걸 좋아할까?"

"나도 그걸 알았으면 좋겠다. 정말 무시무시할 정도로 조용한데……."

"정말이야."

두 아이는 다시 침묵을 지켰다. 이번에도 먼저 입을 연 것은 톰이었다.

"헉, 호스 윌리엄스가 우리들 이야기를 듣고 있을까?"

"그럼! 적어도 그의 혼령은 듣고 있을 거야."

"윌리엄스 아저씨라고 할 걸 그랬나봐. 다들 그냥 '호스'라고 부르는 바람에……."

"여기 묻혀 있는 사람들 이야기할 때는 정말 조심해야 하는 거야, 톰."

그 말이 찬물을 끼얹은 셈이 되었고 둘은 다시 입을 다물었다. 그때였다. 톰이 허클베리의 팔을 잡았다.

"쉿!"

"왜 그래, 톰?"

두 아이는 자신도 모르게 가슴을 맞대고 바싹 붙어 앉았다.

"쉿! 또 들렸어. 넌 못 들었니?"

"글쎄……, 난……."

"저기야. 너도 들리지?"

"맙소사, 톰! 이쪽으로 오고 있어. 분명히 이쪽으로 오고 있는 거야. 어떻게 하지?"

"내가 어떻게 알아. 그런데 우리가 보일까?"

"그럼. 귀신들은 고양이처럼 어두운 데서도 볼 수 있어. 오지 말 걸 그랬나봐."

"걱정 마. 우릴 괴롭히지 않을 거야. 우리가 귀신한테 잘못한 게 있나, 뭐."

그들이 차츰 가까이 다가왔다. 모두 셋이었고 등불을 손에 들고 있었다. 그런데 헉이 갑자기 말했다.

"쉿!"

"왜 그래?"

"저건 사람들이잖아! 적어도 하나는 확실해. 머프 포터 영감 목소리야."

"설마……, 그럴 리가 있나……."

"확실해. 꼼짝 말고 가만히 있어. 우릴 알아볼 정신이 아니야. 평소처럼 취해 있거든. 빌어먹을 주정뱅이 영감!"

"그래, 가만히 있을게. 헉, 또 한 사람 목소리가 들리네. 인전(인디언의 방언) 조의 목소리야!"

"그래, 그 혼혈 살인마! 저놈들보다는 차라리 귀신이 낫겠다. 대체 여기서 뭘 하고 있는 거지?"

세 명이 무덤에 도착하여 걸음을 멈추자 두 아이는 입을 다물었다.

"바로 여기요" 하고 세 번째 목소리가 말했다. 그 사람이 등불을 들어 올리자 얼굴이 드러났다. 젊은 의사 로빈슨이었다.

포터와 인전 조는 밧줄과 삽 두 자루를 실어놓은 수레를 끌고 있었다. 두 사람은 삽을 들고 무덤을 파기 시작했다. 의사는 가까운 곳 느릅나무에 등을 기대고 앉았다. 아이들이 팔을 내밀면 닿을 만큼 가까운 거리였다.

둘이 삽질을 계속하자 마침내 삽이 관에 닿는 둔탁한 소리가 들렸다. 두 사람은 관을 들어 땅 위에 올려놓더니 삽으로 관 뚜껑을 열고 시체를 꺼내어 땅바닥에 내동댕이쳤다. 이어서 그들은 시체를 수레에 옮겨 싣더니 그 위에 담요를 덮고 밧줄로 단단히 묶었다.

작업이 끝나자 포터 영감이 말했다.

"자, 다 되었소, 의사 양반. 한데 5달러를 더 줘야겠소. 안 그러면 꼼짝도 않겠소."

"암, 내 말이 그 말이야!" 하고 인전 조가 맞장구를 쳤다.

"무슨 소리를 하는 거요?" 의사가 반박했다. "품삯을 선불로 달라고 해서 모두 주지 않았소?"

그러자 인전 조가 의사에게 다가가며 말했다.

"난 더 받아야겠는걸. 5년 전 뭘 좀 얻어먹으려고 당신 집에 갔을 때 날 부랑자 취급하면서 유치장에 처넣었지. 내가 그 일을 잊었을 것 같아? 난 복수하지 않고는 못 견디는 사람이야.

당신, 이제 내 손에 걸렸으니 결판을 짓고 말겠다 이 말이야!"

인전 조는 주먹을 들이대며 협박을 하고 있었다. 순간, 의사가 번개같이 주먹을 휘둘렀고 조는 바닥에 쓰러졌다. 순간 포터가 손에 쥐고 있던 잭나이프를 바닥에 던지고는 의사에게 달려들며 외쳤다.

"이놈 봐라! 이놈이 내 동료를 쳤어!

두 사람은 서로 엉긴 채 엎치락뒤치락하며 싸웠다. 바닥에 누워 있던 조는 분노로 이글거리는 눈을 빛내며 벌떡 일어났다. 그는 포터가 던진 잭나이프를 집어 들고 고양이처럼 살금살금 다가가 엉켜있는 두 사람 주변을 맴돌며 기회를 엿보았다. 어느 순간 포터와 엉겨 붙어 있던 의사가 갑자기 몸을 빼내더니 널빤지를 들어서 포터를 힘껏 내리쳤다. 포터는 정신을 잃고 쓰러졌다. 순간 인전 조가 젊은 의사의 가슴에 깊숙이 칼을 꽂았다. 의사가 비틀거리다 포터의 몸뚱이 위에 쓰러졌고 포터는 피범벅이 되었다. 다행히 그 순간 구름이 달을 가려 사방이 컴컴해졌다. 두 아이는 어둠 속으로 걸음아 날 살려라, 도망쳐버렸다.

곧 구름 사이로 달이 얼굴을 내밀었다. 인전 조는 바닥에 쓰러진 두 사람을 물끄러미 내려다보고 있었다. 의사는 몇 마디 알아들을 수 없는 말을 중얼거리더니 숨을 한 번 몰아쉬고는 잠잠해졌다. 그러자 조가 중얼거렸다.

"이걸로 셈을 치른 셈이지. 거지 같은 자식!"

인전 조는 의사의 옷을 뒤져 훔칠 만한 것을 훔친 뒤 포터의 오른손에 살인무기를 쥐어주었다.

약 5분 후 포터가 정신을 차렸다. 그는 자기 손에 든 잭나이프를 놀란 눈으로 바라보더니 곧바로 땅에 떨어뜨렸다. 그리고 자기 몸에 엎혀 있는 의사의 시체를 밀어내고 일어나 앉더니 어리둥절한 표정으로 주위를 둘러보았다. 조의 눈과 마주치자 그가 말했다.

"맙소사! 이게 대체 어떻게 된 거야, 조?"

"더럽게 된 거지." 조가 꼼짝도 않은 채 말했다. "왜 그런 짓을 한 거야?"

"내가? 나는 아무 짓도 안 했어."

"이걸 보라고! 이제 와서 그런 소리를 해도 소용없어."

포터는 몸을 부들부들 떨었고 낯빛은 백짓장처럼 하얗게 질렸다.

"아니, 내가 그랬다고? 어떻게 된 거야?"

조는 상황을 설명했다. 의사가 판자로 그를 내려치자 포터가 잭나이프로 의사를 찌르고는 곧장 정신을 잃었다는 것이었다. 물론 조가 지어낸 이야기였다.

"오, 난 내가 무슨 짓을 했는지 하나도 기억나지 않아. 정말 내가 그랬다면 당장 죽어버리고 싶어. 이게 다 술 때문이야! 술에 취해서 그런 거라고. 난 이제까지 단 한 번도 흉기를 써본 적이 없어. 그냥 폼으로 갖고 다녔을 뿐이야. 조, 제발 다른 사람에게 말하지 말아줘. 제발 약속해줘."

가엾은 포터는 살인마 앞에 무릎을 꿇은 채 두 손을 꼭 잡고 애원했다.

"그럼, 약속하고말고. 자네는 내게 언제나 공정하게 잘 해줬으니까. 자, 이렇게 훌쩍거리고 있을 시간이 없어. 자네는 저쪽 길로 가. 나는 이쪽으로 갈 테니."

포터는 처음에는 천천히 힘없이 걷다가 점점 걸음이 빨라지더니 나중에는 달려가기 시작했다. 혼혈 인디언 조는 포터의 뒷모습을 바라보며 중얼거렸다.

'술도 덜 깬 데다 얻어맞아 정신이 얼떨떨하니 잭나이프를 놓고 간 걸 한참 뒤에야 알게 되겠군. 알면 뭐해. 겁이 나서 혼자 그걸 가지러 다시 오지도 못 할걸. 겁쟁이 영감 같으니라고!'

그로부터 2~3분 후, 살인이 벌어진 그곳에서, 오로지 달만이 살해당한 의사, 담요에 싸인 시체, 뚜껑 없는 관, 파헤쳐진 무덤을 내려다보고 있었다. 그곳에 또다시 깊은 적막이 찾아왔다.

제9장 맹세

두 아이는 겁에 질려 마을을 향해 정신없이 뛰었다. 마을 지리에 훤한 두 아이는 말을 나누지는 않았지만 가야 할 곳을 알고 있었다. 전에 무두질 공장이 있던 곳으로서 지금은 폐허가 된 곳이었다. 그곳이라면 단둘이 숨을 가라앉히고 이야기를 나눌 수 있으리라.

두 아이는 그곳에 도착하기 전에 가슴이 터져버리는 일만 제발 벌어지지 말아달라고 빌며 정신없이 그곳으로 달려갔다. 겨우 그곳에 도착하여 어둠 속에 지친 몸을 내던지자 두 아이는 비로소 안도의 한숨을 내쉴 수 있었다. 차츰차츰 숨이 가라앉자 톰이 속삭이듯 말했다.

"헉, 이 일이 어떻게 될 것 같아?"

"만약 의사가 죽었다면 교수형이 있게 될 거야."

"그럴까?"

"그럼. 틀림없어, 톰."

톰이 잠시 생각하더니 말했다.

"그런데 누가 신고하지? 우리?"

"무슨 소리를 하는 거야? 뭔가 일이 잘못돼서 인전 조가 교수형을 면하게 된다고 쳐봐. 그럼 언제고 그자가 우리를 죽일걸. 불 보듯 뻔한 거야."

"그래, 나도 그 생각을 하고 있었어."

"누군가 신고를 해야 한다면 포터 영감보고 하라지. 언제나 술에 취해 있는 바보 같은 영감……."

톰이 다시 생각에 잠겼다.

"그런데 포터 영감은 아무것도 모르잖아. 정신을 잃고 쓰러져 있었잖아."

"정말 그렇구나."

톰은 또다시 생각에 잠겼다가 말했다.

"헉, 너 입 다물고 있을 자신 있지?"

"톰, 우린 절대로 입을 열면 안 돼. 아까도 말했지만 그 악당이 교수형을 당하지 않는다면 우리 둘 정도는 파리 새끼처럼 죽일 수 있어. 자, 내 말 들어봐. 우리 맹세를 하는 거야."

"그래, 맹세를 하자. 새끼손가락을 걸고 맹세하자."

"안 돼. 시시한 일이나 그렇게 하는 거지. 그건 여자애들이나 하는 짓이야. 이렇게 엄청난 사건은 글로 써서 확실하게 해야 해. 그리고 피로써 맹세를 해야 해."

톰은 허클베리의 의견에 적극 찬성했다. 톰은 달빛이 비치는 곳에서 눈에 띄는 소나무 판자를 하나 집어 들더니 호주머니의 보물들 중에서 연필 대용품인 붉은 철광석 조각을 꺼내어 멋들어지게 글을 써내려갔다.

> 헉 핀과 톰 소여는 이 일에 대하여 입을 꼭 다물고 있을 것을 맹세한다. 만약 입을 열면 죽어 쓰러져 썩어버릴 것이다. 우리는 피로 맹세한다.

허클베리는 톰의 글씨와 문장에 감탄했다. 이어서 톰이 역시 주머니에 가지고 다니던 바늘 꾸러미에서 바늘을 꺼냈다. 두 아이는 각자 엄지손가락을 찔러서 피 한 방울을 짜낸 후 서명을 했다. 헉이 자기 이름을 쓰는 것을 톰이 도와주었음은 물론이다. 이로써 서약 행사는 끝났다. 둘은 서명한 판자를 담벼락

가까이에 묻었다.

그때였다. 폐허가 된 그 건물 다른 쪽을 통해 사람 그림자 하나가 몰래 숨어 들어왔다. 하지만 두 아이는 눈치를 채지 못했다.

"톰" 하고 허클베리 핀이 말했다. "우리가 정말 언제까지고 말하지 않을 수 있을까?"

"물론이지. 말하면 안 돼. 무슨 일이 있어도 말하지 말아야 해. 그 자리에서 죽어버릴 거니까. 너도 알잖아."

"나도 알아."

두 아이는 얼마 동안 소곤소곤 이야기를 나누었다. 그때였다. 어디선가 이상한 소리가 들렸다. 톰이 귀를 기울였다.

"저게 무슨 소리지?"

"글쎄, 돼지가 꿀꿀거리는 소리 같은데……. 아냐, 코 고는 소리야, 톰."

"그런가? 어디서 들리는 소리지?"

"저쪽 끝에서 나는 소리 같은데……, 우리 아빠도 저기서 가끔 자거든."

두 아이는 겁이 나긴 했지만 모험심이 두려움을 이겼다. 인전 조일지도 몰라서 몸이 와들와들 떨렸지만 궁금해서 좀이 쑤실 지경이었다. 둘은 코 고는 소리가 멎으면 부리나케 도망가기로 하고 한 번 가보기로 합의했다.

둘은 살금살금 다가갔다. 코 고는 사람과 다섯 걸음도 채 떨어지지 않게 되었을 때 그만 톰이 나무토막을 밟아 뚝 하고 부러지는 소리가 났다. 그러자 코를 골던 사람이 신음 소리를 내며 몸을 꿈틀했다. 덕분에 달빛을 받아 얼굴이 훤히 드러났다. 머프 포터였다. 영감이 다시 몸을 꿈틀거리자 두 아이는 심장이 멎는 것 같았다. 포터 영감의 얼굴을 확인한 두 아이는 살금살금 밖으로 나와 헤어졌다.

그날 톰은 먼동이 틀 새벽녘에야 집으로 돌아올 수 있었다. 당연히 시드는 잠들어 있었다. 톰은 살금살금 침대에 누웠다. 다음 날 톰이 눈을 떴을 때는 이미 날이 훤히 밝아 있었다. 톰은 이모에게 경을 칠 것을 각오하고 있었다. 매도 각오하고 있었다. 하지만 이모는 톰이 늦은 아침 식사를 마치자 톰을 곁에 불러 앉히고 눈물을 흘렸다. 그리고 어쩌면 늙은 이모의 마음을 그렇게 아프게 하느냐고 하소연했다. 톰은 매를 1,000번 맞는 것보다 이모의 눈물이 더 가슴 아팠다. 몸보다 마음이 더 아팠던 것이다. 톰은 눈물을 흘리며 용서를 빌었다. 그리고 개심(改心)하겠다고 다짐하고 또 다짐했다. 톰은 이모에게서 풀려났지만 완전히 용서를 받은 것 같지 않았으며 자신의 다짐을 이모가 별로 믿지 않는 것 같다고 느꼈다.

톰은 우울하고 슬픈 마음으로 학교로 향했다. 학교에서 톰은 조 하퍼와 함께 전날 오후 땡땡이를 친 대가로 매를 맞았다. 하지만 톰은 마음을 온통 더 중요한 일에 빼앗기고 있어 그런 사소한 매 따위는 개의치 않는다는 표정을 짓고 있었다. 제자리로 돌아온 톰은 두 손으로 턱을 괴고 고뇌에 찬, 그러나 무표정한 눈길로 벽을 바라보고 있었다. 마치 더 이상 가 닿을 곳 없이 머나먼 곳을 헤매는 듯한 눈길이었다. 그런데 그의 팔꿈치 아래 뭔가 딱딱한 것이 있었다. 하지만 톰은 한참 동안 그 자세 그대로 있었다. 이윽고 톰은 한숨을 쉬며 천천히 그 물건을 집어 들었다. 그 물건은 종이로 싸여 있었다. 그는 종이를 풀었다. 이어서 기나긴 한숨이 묵직하게, 그리고 느릿느릿 그의 입에서 터져 나왔다. 가슴이 찢어지는 것 같았다. 바로 그 놋쇠 손잡이였던 것이다!

마지막 깃털 하나가 낙타의 등을 부러뜨린 셈이었다. 톰의 마음은 그대로 무너져 내렸다.

제10장 머프 포터

다음 날 정오 무렵, 마을 사람들은 어젯밤에 있었던 무시무시한 사건 소식을 전해 듣고 경악했다. 그 소식은 이 사람에게서 저 사람으로, 이 모임에서 저 모임으로, 이 집에서 저 집으로 빠르게 퍼져나갔고 학교 선생은 오후 수업을 쉬게 했다. 선생이 그런 조치를 취하지 않았다면 모두들 이상한 사람이라고 생각했을 것이다.

피살자 근처에서 잭나이프가 발견되었고 누군가가 그 칼이 머프 포터의 칼임을 확인해주었다. 근거야 있건 없건 몇몇 사람이 그날 밤 포터의 수상한 행적에 대해 증언했고 당국은 그를 범인으로 단정했다. 말을 탄 수색대원들이 사방팔방으로 범인을 찾아 나섰고, 보안관은 밤이 되기 전에 그를 체포할 수 있으리라고 호언장담했다.

온 마을 사람들이 공동묘지로 모여들고 있었다. 톰도 그 행렬에 끼어 있었다. 그곳을 피해 도망가고 싶은 마음이 굴뚝같았지만 두려우면서도 뭐라 설명하기 어려운 힘이 그를 그곳으로 이끌었던 것이다.

그 무시무시한 장소에 도착하자 톰은 군중들 사이를 비집고 들어가 그 끔찍한 광경을 목격했다. 그때 누군가가 팔을 꼬집었다. 뒤를 돌아보니 허클베리 핀이었다. 둘은 애써 눈길을 다른 곳으로 돌렸다. 둘이 마주치는 시선에서 사람들이 무슨 낌새라도 눈치챌까 두려워서였다.

그런데 갑자기 톰이 온몸을 사시나무처럼 떨기 시작했다. 인전 조의 무감각한 얼굴이 눈에 들어왔던 것이다. 바로 그 순간 군중들이 술렁이기 시작하더니 여기저기서 고함소리가 들렸다.

"그놈이다! 그놈이야! 놈이 오고 있어!"

"누구? 누가 온다고?" 여러 명이 한꺼번에 물었다.

"머프 포터!"

"저런 뻔뻔스러운 놈 같으니! 사람을 죽여놓고 궁금해서 온 거야. 아무도 없는 줄 알았겠지."

군중이 길을 터주자 보안관이 포터의 팔뚝을 붙잡고 끌고 왔다. 영감은 공포에 질려 있었고 시체 앞으로 끌려오자 두 손에 얼굴을 파묻고 왈칵 울음을 터뜨렸다.

"오, 여러분, 내가 그러지 않았어요. 절대로 내가 죽이지 않았어요."

순간 보안관이 그에게 칼을 내밀며 말했다.

"이거 당신 칼이지?"

누가 붙잡아주지 않았다면 아마 포터는 그 자리에 그대로 쓰러졌을 것이다. 포터가 떨리는 목소리로 말했다.

"다시 와서 칼을 가져가지 않으면, 그런 생각이 들어서……."

그러더니 그는 체념한 듯 힘없이 손을 내저으며 인전 조에게 말했다.

"조, 다 털어놓게……. 다 털어놔. 이렇게 된 이상 이제 다 소용없어."

허클베리와 톰은 꿀 먹은 벙어리처럼 아무 말도 못한 채, 조를 노려보며 그의 뻔뻔스러운 거짓말을 듣고 있을 수밖에 없었다. 둘은 당장에라도 하늘에서 그놈 머리 위로 벼락이 내려치기를 간절히 바랐다. 도대체 하느님이 왜 그렇게 꾸물거리는지 의아하기 짝이 없었다. 톰과 헉은 당장에라도 나서서 죄를 뒤집어쓴 포터를 구해주고 싶은 충동을 느꼈다. 하지만 태연하게 증언하는 조의 모습을 보고 그런 충동은 이내 사라졌다. 조는 분명 악마에게 영혼을 팔아넘긴 놈처럼 여겨졌고, 공연히 앞에 나섰다가는 그런 놈에게 무슨 일을 당할지 모르겠다는 두려움 때문이었다.

그런 일이 있은 지 1주일 동안 톰은 속에 간직하고 있는 비밀과 양심의 가책 때문에 잠을 설칠 수밖에 없었다. 어느 날 아침 식사 자리에서 시드가 톰에게 말했다.

"형, 형이 밤마다 너무 뒤척이는 바람에 잠을 잘 수가 없어. 게다가 끔찍한 잠꼬대까지 한단 말이야."

톰은 얼굴이 새파랗게 질리면서 눈을 내리깔았다. 시드가 계속 말했다.

"어젯밤에는 '피다, 피! 정말로 피야!'라고 계속 반복해서 말했어. 그러고는 '제발 그만 괴롭혀요! 다 말할게요!'라고 말했단 말이야. 뭘 말하겠다는 거야?"

톰은 눈앞이 빙글빙글 도는 것 같았다. 이제 무슨 일이 일어날지 알 수 없는 상황이었다. 그런데 폴리 이모가 톰을 곤경에서 구해주었다.

"그럴 만도 해. 다 저 무서운 살인 사건 때문이란다. 나도 거의 매일 밤 그런 꿈을 꾸는데, 뭐. 어떤 때는, 글쎄, 내가 그 무서운 살인을 저지르기도 한다니까."

메리도 마찬가지 일을 겪는다고 말하자 시드는 의심을 거둬들였다.

이 우울한 기간 동안 톰은 매일, 혹은 이틀에 한 번 기회가 될 때마다 유치장을 찾아갔다. 그리고 조그만 격자 창살이 달린 창문 안으로 자기가 구할 수 있는 위문품을 '살인범'에게 남몰래 넣어주었다. 유치장은 동네 밖 늪지에 있는 작은 벽돌 건물로서 그곳을 지키는 간수들도 없었다. 실은 그 유치장이 용도대로 사용된 적도 별로 없었다고 말하는 것이 옳다. 그런 식으로 위문품을 넣어주자 톰은 양심의 가책을 조금은 덜 느끼게 되었다.

한편 사람들은 인전 조를 시체 도굴범으로 체포하여 처벌하고 싶은 마음이 굴뚝같았다. 하지만 그의 흉악무도한 성품이 두려워서 아무도 나서지 않았기에 그 일은 유야무야되고 말았다. 게다가 조는 두 번에 걸친 검사 앞 진술에서 싸움에 대해서만 진술했을 뿐 그 이전에 있었던 도굴에 대해서는 입도 뻥끗하지 않을 만큼 용의주도했다.

제11장 해적 소굴

톰이 남몰래 간직하고 있던 괴로움에서 벗어날 수 있었던 것은 매우 중요한 한 가지 사실이 그의 관심을 끈 때문이었다. 베키 새처가 며칠째 학교에 나오지 않았던 것이다. 톰은 스스로 자존심을 내세우며 그깟 여자애쯤 바람에 날려버리듯 무시해 버리겠다고 결심했다. 하지만 소용없었다. 톰은 밤마다 비참한 기분으로 베키의 집 주변을 서성거렸다.

베키는 아팠다. 만일 그 애가 죽는다면! 그 생각만 하면 톰은 심란해서 어쩔 줄 몰랐다. 전쟁놀이는 물론이고 해적놀이에도 아무런 흥미를 느낄 수 없었다. 삶의 매력은 모두 사라져버렸고 모든 것이 따분하기 짝이 없었다. 굴렁쇠도, 야구 방망이도 다 치워버렸다. 아무 재미가 없었던 것이다.

톰의 이상한 행동이 매일 계속되었다. 톰은 수업도 시작하기 전에 학교에 갔다. 그리고 아무하고도 어울리지 않은 채 교문 근처를 서성거렸다. 그는 여러 곳을 둘러보는 척했지만 실은 딱 한 군데, 길 아래쪽에만 신경을 집중하고 있었다. 톰은 여자아이의 옷자락이 펄럭일 때마다 베키이기를 바랐다. 하지만 베키가 아닌 것을 알고는 엉뚱하게 그 여자아이를 미워했다.

오늘도 베키의 모습을 보지 못한 톰은 낙담해서 교실로 들어가 자리에 앉아 괴로워하고 있었다. 그 순간 여자아이 한 명이 옷자락을 팔락이며 교문으로 들어서는 모습이 보였다. 톰의 가슴이 마구 뛰기 시작했다. 톰은 후다닥 일어나 마치 인디언처럼 교문 쪽으로 달려갔다. 소리를 지르며 웃어젖히고, 아이들을 마구 쫓아다니기도 하고, 생명의 위험을 무릅쓰고 울타리를 뛰어 넘고, 물구나무서기를 하는 등 그가 생각해낼 수 있는 온갖 재주를 다 부리면서 말이다. 그러면서 그는 베키가 자신의 모습을 보고 있는지 아닌지 온 신경을 집중하고 있었다.

하지만 베키는 이 모든 것을 전혀 의식하지 않는 것 같았다. 아예 눈길조차 주지 않았다. 톰은 그녀에게 좀 더 가까이 가서 온갖 소란을 떨며 갖가지 묘기를 다 부렸다.

그런데 돌아온 반응이란! 베키는 고개를 쳐들고 콧방귀를 뀌며 빈정거렸다.

"흥, 잘난 척하기는! 그게 뭐 멋있다고!"

톰의 얼굴이 화끈 달아올랐다. 그는 완전히 기가 꺾인 채 슬그머니 자리를 떴다. 그는 학교 밖으로 나왔다.

학교로부터 멀어지며 톰은 결심을 굳혔다. 그래, 모두들 나를 몰아내고 있어. 좋아. 이제부터 범죄자의 삶을 살 수밖에 없어. 나는 올바르게 살려고 했지만 그들이 기회를 주지 않은 거야. 자기네들 때문에 내가 떠난 것을 알게 되면 다들 후회하겠지.

톰이 그런 생각을 하며 마을로부터 꽤 멀어진 곳까지 왔을 때 멀리서 오후 수업 시작을 알리는 종소리가 울렸다. 다시는 저 종소리를 듣지 못하게 되리라고 생각하자 톰은 눈물을 왈칵 쏟았다. 쉽지 않은 결정이었지만 따를 수밖에 없었다. 차디찬 세상 밖으로 밀려난 놈이 무슨 다른 선택을 할 수 있을 것인가!

바로 그때 톰은 자신과 영혼을 걸고 맹세한 친구 조 하퍼를 만났다. 그의 단호한 눈초리를 보니 뭔가 단단히 결심을 한 것이 틀림없었다. 톰은 조를 만나자 소맷자락으로 눈물을 훔치며 세상의 박해와 무정함에서 벗어나 살 것이며 다시는 마을로 돌아오지 않을 결심이라고 말했다.

그런데 이 무슨 우연인지 조도 똑같은 말을 하려고 톰을 찾아다니던 참이었다. 조는 있었는지조차 모르는 크림을 자기가 훔쳐 먹었다며 엄마에게 회초리를 맞았다고 했다. 조는 엄마가 자기 꼴이 보기 싫어 어디론가 가버리기를 바라는 게 틀림없다고, 정 엄마 뜻이 그렇다면 따르는 수밖에 없다고 했다. 조는 어머니가 행복하기를, 또한 불쌍한 아들을 이 무정한 세상으로 내몰아 고생하다가 죽게 만든 것을 후회하게 되지 않기를 바랄 뿐이었다.

둘은 슬픔에 젖어 함께 길을 걸으며 계획을 짜기 시작했다. 조는 깊은 산속 동굴에 '은둔자'로 살면서 빵 조각으로 연명하다가 비참한 삶을 마감할 계획이었다. 하지만 톰의 이야기를 들은 후 범죄자가 되는 것이 더 낫겠다는 생각이 들어 해적이 되자는 데 동의했다.

세인트-피터스버그에서 미시시피강을 따라 하류 쪽으로 5킬로미터쯤 가면 강폭이 약 2킬로미터에 이르는 곳이 있다. 그곳에 섬이 하나 있는데 섬 앞머리에 모래톱이 형성되어 있어 만남의 장소로 안성맞춤이었다. 그곳에는 사람이 살고 있지 않았고 두 아이는 이 잭슨섬을 근거지로 삼아 해적질을 하기로 결정했다. 하지만 누구를 상대로 해적질을 할 것인지는 아직 그들의 머리에 떠오르지 않았다.

둘은 곧 허클베리 핀을 찾아 나섰다. 허클베리는 즉시 그들과 한 패가 되었다. 그에게는 무슨 직업을 택하든 매한가지인 때문이었다. 세 아이는 동네에서 3킬로미터 정도 떨어진 호젓한 장소에서 범죄자들에게 딱 알맞은 시각인 자정에 만나기로 약속하고 헤어졌다. 그들은 그곳에 뗏목이 하나 있으니 그것을 훔치자고 입을 맞추었다. 그리고 세 아이는 각자 낚싯대와 낚싯바늘, 식량을 해적에 어울리는 방법으로 훔쳐오기로 했다.

자정쯤 되자 톰은 삶은 햄과 갖가지 자질구레한 물건들을 챙겨서 약속 장소로 갔다. 별이 빛나는 조용한 밤이었다. 톰은 잠시 숨을 죽이고 귀를 기울였다. 아무 소리도 들리지 않았다. 톰은 나지막이 휘파람을 불었다. 그러자 낭떠러지 아래서 휘파람으로 응답이 왔다. 톰이 다시 휘파람을 불자 경계하는 듯한 목소리가 들렸다.

"거기 누구냐!"

"'카리브해의 검은 복수자(어벤저)' 톰 소여다! 너희들 이름을 대라!"

"'피투성이 손' 헉 핀과 '바다의 공포' 조 하퍼다!"

이 이름들은 톰이 즐겨 읽은 책에서 따와서 붙여준 것이었다.

"좋다, 암호를 대라!"

두 아이가 동시에 쉰 목소리로 무시무시한 암호를 댔다.

"피!"

그러자 톰은 햄을 벼랑 아래로 던진 후 자기도 몸을 던졌다. 벼랑 아래쪽으로는 해변을 따라 쉽고 편한 길이 나 있었다.

'바다의 공포'는 햄 한 덩어리를 가지고 왔고 '피투성이 손'은 프라이팬 하나와 반쯤 말린 잎담배를 훔쳐왔으며 곰방대로 쓰기 위해 옥수숫대 몇 개를 가져왔다. '카리브해의 복수자'는 불이 있어야 한다며 상류 쪽 100미터 정도 떨어진 곳에 있는 뗏목에서 모닥불을 훔쳐왔다. 이제 모든 준비가 다 된 셈이었다.

세 아이는 눈여겨 두었던 뗏목을 강으로 끌어냈다. 톰이 선장을 맡고 헉과 조가 앞뒤에서 노를 저었다. 강 한복판으로 나가자 뗏목은 물줄기를 따라 움직이기 시작했다. 세 해적은 뗏목 위에 서서 멀어져가는 마을을 바라보며 감회에 젖었다. 특히 톰은 죽음의 위협을 무릅쓰고 파도가 넘실거리는 바다를 향해 나아가는 자신의 모습을 그 소녀에게 보여줄 수 있다면 얼마나 좋을까 생각했다.

새벽 2시쯤 뗏목은 잭슨섬 앞머리에서 180미터 정도 떨어진 모래톱에 닿았다. 그들은 모래톱을 왔다 갔다 하며 짐을 내렸다. 뗏목 위에는 헌 돛이 하나 있었기에 그들은 덤불 구석에 그 돛을 텐트처럼 쳐놓아 식료품을 보관하기로 했다. 해적들은 자기들의 신분에 걸맞게 노천에서 잠을 자기로 했다.

아이들은 우선 숲에서 스무 발자국 정도 떨어진 곳에 있는 커다란 통나무 옆에 불을 지핀 후 프라이팬에 베이컨을 굽고 옥수수 빵으로 식사를 했다. 너무 즐겁게 배불리 음식을 먹으면서 세 명의 해적은 다시는 속세로 돌아가지 않겠다고 굳게 마음먹었다.

셋은 느긋한 자세로 풀밭 위에 다리를 죽 뻗고 누웠다. 천국이 따로 없었다.

"아, 기분 좋다. 다른 애들이 우리가 이러고 있는 걸 보면 뭐라고 할까?"라고 조가 말했다.

"몰라서 물어? 이곳에 오고 싶어 죽을 지경이겠지. 헉, 그렇지 않아?" 톰의 대답이었다. 그러자 헉이 대답했다.

"틀림없이 그럴걸. 암튼 해적질이 내게 딱 맞네. 실컷 먹을 수 있는데다 귀찮게 뭐라고 하는 사람도 없고."

"이게 바로 내가 원하던 거라고." 톰이 말했다. "일찍 일어날 필요도 없지, 학교에 갈 필요도 없지, 좀 좋아? 걸핏하면 닦고 씻고 하는 시시한 일들도 할 필요 없고. 야, 조! 은둔자가 안 되길 정말 잘했지? 해적은 일단 뭍에 올라오면 아무 일도 할 게 없어. 하지만 은둔자는 계속 기도를 해야 한다고. 게다가 요즘에는 은둔자가 되려는 사람도 별로 없어. 요즘에는 해적이 인기가 많아."

둘이 그런 이야기를 나누는 사이 헉은 무슨 일인가로 바빴다. 옥수숫대 가운데를 후벼 파서 곰방대를 만들고 있었던 것이다. 작업이 끝난 그는 곰방대에 담배를 다져 넣고 숯불 덩어리 한 개를 집어넣어 불을 붙였다.

이제는 헉도 대화에 끼어들었고, 셋은 해적 생활이 얼마나 멋진지 신나게 떠들었다. 하지만 시간이 흐르자 말수가 조금씩 줄어들었다. 눈꺼풀이 무겁게 내리누르기 시작했던 것이다. '피투성이 손'이 저도 모르게 곰방대를 떨어뜨리더니 제일 먼저 잠에 곯아 떨어졌다. '바다의 공포'와 '카리브해의 검은 복수자'는 쉽게 잠을 이룰 수 없었다. 막 잠이 들려고 하는 순간 방해꾼이 나타나 잠을 쫓아버린 것이다. 그 방해꾼은 바로 양심이라는 놈이었다. 둘은 집을 뛰쳐나온 게 잘못한 짓이라는 막연한 두려움을 느꼈다. 그리고 고기와 햄을 훔친 게 마음에 걸렸다. 전에 설탕과 과자를 슬쩍한 것과 달리 고기를 훔쳐온 건 진짜 도둑질 같았다. 둘은 해적의 명예를 걸고 앞으로 그런 도둑질은 하지 않겠다고 다짐했다. 그제야 양심이 좀 편해졌는지, 도무지 앞뒤가 맞지 않는 다짐을 한 두 해적은 잠에 빠져들었다.

제12장 향수

다음 날 아침, 잠에서 깨어난 톰은 자기가 지금 어디에 있는 것인지 어리둥절할 수밖에 없었다. 그는 일어나서 두 눈을 비비고 주위를 둘러보았다. 동이 틀락 말락 하고 있었다. 깊은 정적과 침묵에 잠긴 숲속에는 평온과 휴식의 기운이 감돌고 있었다. 나뭇잎 하나 흔들리지 않았고 위대한 대자연의 명상을 방해하지 않으려는 듯 아무 소리도 들리지 않았다. 나뭇잎과 풀잎마다 이슬방울이 진주처럼 맺혀 있었다. 어제 피워놓은 모닥불 위로 한 줄기 가느다란 푸른 연기가 곧게 하늘로 피어오르고 있었다. 조와 헉은 여전히 단잠에 빠져 있었다.

숲속 어디에선가 새 한 마리가 지저귀자 다른 새가 화답했다. 이어서 딱따구리가 나무를 쪼는 소리가 들렸다. 잿빛 새벽이 점차 밝아지자 온갖 소리가 들려오면서 숲에 생명의 기운이 깨어나기 시작했다. 경이로운 대자연이 잠을 떨치고 일어나, 생각에 잠긴 아이 앞에 그 모습을 드러내고 활동을 개시한 것이다.

초록색 벌레 한 마리가 이슬에 젖은 잎사귀 위를 기어오르고 있었다. 벌레는 이따금 몸의 절반 이상을 공중으로 쳐들고 이리저리 동정을 살피더니 다시 앞으로 기어갔다. 톰은 긴장해서 벌레를 바라보았다. 벌레가 과연 자기 쪽으로 오느냐 다른 곳으로 가느냐에 따라 운명이 결정될 순간이었다. 벌레는 허공에 몸을 세운 채 잠시 망설이다가 곧바로 톰의 다리 위로 기어올랐다. 톰은 뛸 듯이 기뻤다. 새 옷이 생길 징조였다. 톰은 자신에게 멋진 해적 복장이 생기리라고 확신했다.

개미들이 자기 몸의 다섯 배는 되는 거미 시체를 나무줄기 위로 끌어 올리려 애를 쓰고 있었다. 갈색 점이 박힌 무당벌레가 까마득히 높은 풀잎 위로 기어오르고 있었다. 톰은 벌레 쪽으로 몸을 기울이고 속삭였다.

무당벌레야, 무당벌레야.

어서 집으로 날아가렴.

너희 집에 불이 났단다.

집에 아이들만 있지 않니.

그러자 무당벌레는 금세 날개를 펼치더니 집에 불을 끄러 날아갔다. 순진한 무당벌레를 속여 먹은 톰은 기분이 좋았다.

이어서 풍뎅이 한 마리가 나타나서 둥근 짐승 똥을 기운차게 들어 올리고 있었다. 톰이 손을 갖다 댔더니 놈은 다리를 접고 죽은 시늉을 했다. 그때 새들이 힘차게 지저귀기 시작했다. 개똥지빠귀가 톰의 머리 위에서 즐거운 울음소리를 내고 있었고 강렬한 색상을 자랑하는 어치 한 마리가 날아오더니 손을 뻗치면 닿을 만한 거리의 가지에 앉아 호기심 어린 눈으로 아이들을 내려다보았다. 다람쥐와 청설모가 옆을 지나가다가 걸음을 멈추고 두 발로 서서 아이들을 바라보며 뭐라고 소곤거렸다. 사람들을 본 적이 없어서 무서워해야 할지 아닌지 갈피를 잡지 못하는 것 같았다. 이제 대자연은 완전히 잠에서 깨어나 부산하게 움직이기 시작했다. 햇살의 길고 긴 창이 빽빽한 나뭇잎 사이를 뚫고 들어왔으며 나비들이 날개를 퍼덕이며 등장했다.

톰은 동료 해적들을 깨웠고 셋은 함성을 지르며 달려 나갔다. 그들은 옷을 벗어 던지고 물로 뛰어 들어갔다. 장대한 강물 너머에서 가물가물 졸고 있는 마을에 대해서는 아무런 미련도 느끼지 않았다. 물살 때문인지 아니면 강물이 불어서인지 뗏목은 온데간데없이 사라져버렸다. 하지만 자신들과 문명을 이어주는 다리가 완전히 끊긴 것 같아 아이들은 오히려 기뻐했다.

아이들은 시장기를 느끼며 다시 야영지로 돌아왔다. 그들은 모닥불을 지폈다. 그사이 헉은 가까운 곳에서 샘물을 찾아냈다. 아이들은 떡갈나무 잎사귀로 컵을 만들어 물을 마셨다. 조가 아침 식사 준비를 위해 햄과 베이컨을 써는 동안 톰과 헉은 강둑에 나가 낚싯대를 드리웠다. 낚싯대를 드리우기 무섭게 고기들이 달려들었다. 둘은 멋진 배스 몇 마리 외에 잉어 두 마리, 메기 한 마리를 잡았다. 웬만한 가족이 먹을 수 있을 만큼 풍족한 수확이었다. 잡아온 물고기를 구워서 베이컨과 함께 먹으며 아이들은 깜짝 놀랐다. 세상에 이렇게 맛있는 음식이 있다니! 아이들은 야영, 운동, 수영 등을 즐기며 먹는 음식이 맛있을 수밖에 없다는 것, 무엇보다 시장기가 최고의 반찬이라는 사실을 미처 모르고 있었다.

식사 후 헉은 담배를 피웠고 두 아이는 나무 그늘에 앉아 잠시 휴식을 취했다. 이어서 아이들은 숲속으로 섬 탐험에 나섰다. 탐험 결과 섬은 전체 길이가 약 5킬로미터, 폭은 약 400미터 정도였으며 강변과 가장 가까운 곳에는 폭 200미터 정도의 샛강이 흐르고 있었다.

섬 탐사가 끝나자 아이들은 신나게 수영을 한 뒤 오후 3시쯤 되어 야영지로 돌아왔다. 너무 배가 고파 고기를 낚을 틈도 없었기에 아이들은 차가운 햄을 배불리 먹고 나무 그늘에 벌렁 누워 이야기를 나누기 시작했다. 하지만 금세 이야기가 시들해지더니 뚝 끊기고 말았다. 숲을 감돌고 있는 정적, 장엄함과 함께 어딘지 외롭다는 느낌이 차츰 아이들을 사로잡기 시작한 것이다. 아이들은 생각에 잠겼다. 뭐라고 딱 꼬집어 말하기 어려운, 그 무언가를 향한 그리움이 서서히 그들에게 밀려왔다. 그 그리움은 곧 어렴풋이 그 모습을 드러냈다. 바로 집을 향한 그리움이 싹트기 시작한 것이다. 심지어 '피투성이 손' 헉 핀조차도 문 앞의 계단들과 속이 빈 나무통들이 그리워지기 시작했다. 하지만 아이들은 모두 그렇게 나약한 자신의 모습이 부끄러워 차마 그런 생각을 입 밖에 내지 못했다.

톰이 입을 열었다.

"지금쯤 난리가 났을 거야."

해적들은 지금쯤 마을 사람들이 자기들에 대해 무슨 생각을 하면서 무슨 이야기를 나누고 있을지 추측하기 시작했다. 그러자 조금씩 즐거워지기 시작했다. 자기들 때문에 온 동네가 발칵 뒤집힌 광경은 상상만으로도 통쾌하기 짝이 없었다. 하지만 그 기분은 잠시일 뿐이었다. 고기를 잡아 저녁을 먹은 뒤 땅거미가 짙어지자 해적들의 마음은 이미 다른 곳을 헤매고 있었다. 톰과 조는 집안 식구들에 대한 생각을 떨쳐버릴 수 없었다.

마침내 조가 머뭇거리며, 지금 당장은 아니더라도 나중에 저 문명사회로 돌아가는 게 어떻겠느냐고 넌지시 물어보았다. 그런데 톰이 코웃음을 치는 바람에 조는 움츠러들 수밖에 없었다. 망설이던 헉도 톰의 편을 들었고 조는 재빨리 변명을 늘어놓음으로써 반란은 쉽게 평정될 수 있었다.

밤이 깊어져 헉과 조가 코를 골기 시작할 때까지 톰은 팔베개를 하고 누운 채 잠들지 않고 있었다. 톰은 둘이 깊이 잠든 것을 확인한 뒤 슬그머니 자리에서 일어났다. 톰은 원통형의 단풍나무 껍질을 주워 이리저리 살피더니 그중 깨끗한 것을 두 개 골랐다. 그리고 모닥불 옆에 엎드려 붉은 철광석 조각으로 그 위에 뭔가 열심히 적었다. 톰은 그중 하나를 말아서 윗주머니에 넣고 다른 하나는 조의 모자에 끼워 넣었다. 그런 후 톰은 조심스럽게 살금살금 나무 사이를 빠져나왔다. 이윽고 발소리가 아이들에게 들리지 않을 만한 곳에 이르자 톰은 곧장 모래톱을 향해 맹렬히 달리기 시작했다.

제13장 애도

몇 분 뒤 톰은 모래톱의 얕은 물을 첨벙거리며 일리노이 강변을 향해 걸어가고 있었다. 강을 절반 정도 지났을 때 물이 허리에 차기 시작했다. 물살이 빨라 더 이상 걸을 수 없게 되자 톰은 능숙한 솜씨로 남은 100미터 가량을 헤엄치기 시작했다.

육지에 오르자 톰은 손으로 윗주머니를 만져보았다. 나무껍질은 그대로 잘 있었다. 톰은 옷에서 물이 뚝뚝 떨어지는 채로 강기슭을 따라 숲속을 달렸다. 톰은 눈을 크게 뜨고 주위를 살피면서 강둑 아래로 기어 내려가 물속으로 미끄러져 들어갔다. 잠시 후 톰은 그곳에 정박해 있는 여객선 고물에 밧줄로 매어 있는 작은 보트로 기어 올라갔다.

잠시 뒤 증기선의 종이 울리더니 "출발"을 외치는 소리가 들렸다. 1~2분 뒤 보트가 파도에 출렁, 위로 솟아오르면서 여행이 시작되었다. 톰은 모든 게 계획대로 되어서 다행이라고 생각하고 있었다. 이 배가 오늘 밤 마지막으로 운항하는 배임을 그는 알고 있었던 것이다. 15분 정도 지났을 때 증기선이 멈추었다. 톰은 재빨리 보트에서 뛰어내렸다. 그리고 능숙한 솜씨로 헤엄을 쳐서 하류 쪽으로 50미터쯤 되는 곳에 상륙했다. 그곳에서라면 사람들과 마주칠 위험이 적은 때문이었다.

톰은 인적이 드문 뒷길을 나는 듯이 달려가 어느새 이모네 뒤뜰 울타리에 이르렀다. 톰은 울타리를 뛰어넘은 뒤 헛간으로 가서 불이 켜져 있는 거실 창문 안을 들여다보았다. 거실에는 폴리 이모, 시드, 메리, 조 하퍼의 어머니가 앉아서 이야기를 나누고 있었다. 그들은 침대 옆, 거실 문 반대편에 앉아 있었다. 톰은 살그머니 문으로 다가가 빗장을 들어 올리고 문을 살살 밀었다. 문을 밀 때마다 삐걱거리는 소리를 내는 통에 톰은 심장이 멎는 것 같았다. 이윽고 무릎으로 겨우 비집고 들어갈 정도의 틈이 생기자 톰은 조심스럽게 머리를 디밀었다.

"왜 촛불이 이렇게 흔들리는 거니? 또 방문이 열린 모양이군. 시드야, 얼른 가서 닫고 오너라."

톰은 얼른 방 안으로 미끄러져 들어가 침대 밑에 몸을 숨겼다. 바로 코앞에 폴리 이모의 발이 보였다.

시드가 문을 닫고 오자 폴리 이모가 하던 말을 계속했다.

"아까도 말했지만 말이에요, 그 앤 나쁜 애가 아니었어요. 장난이 좀 심했을 뿐이에요. 고삐 풀린 망아지처럼 장난을 쳤지만 남을 해치거나 하는 짓은 하지 않았어요. 그렇게 마음씨 고운 아이는 이 세상에 없을 거예요." 폴리 이모는 훌쩍훌쩍 울기 시작했다.

"우리 조도 마찬가지예요. 짓궂은 장난을 자주 했지만 인정 많고 착한 아이였지요. 크림이 상해서 내다버린 걸 깜빡하고 그 애를 매질하다니, 내가 미쳤지. 아, 이 세상에서 다시는 그 애를 볼 수 없다니! 나한테 그렇게 구박만 받고 살더니만!" 조의 어머니는 가슴이 미어지는 듯 흐느껴 울었다.

"형이 천국에 가서 행복하게 살았으면……." 시드가 말했다. "그렇지만 살아 있을 때 좀 더 잘……."

"시드!" 톰은 보이지는 않았지만 이모가 눈을 부라리는 것을 느낄 수 있었다. "우리 톰에게 나쁜 말은 한 마디도 하면 안 돼! 그 애는 지금 이 세상에 없잖니. 이제는 하느님께서 잘 보살펴 주실 거야. 오, 하느님, 정말 그 애를 어떻게 포기해야 할지 모르겠어요. 이 늙은 이모 속을 썩이기는 했지만 내게 얼마나 큰 위안이었는지 몰라요. 아, 이럴 줄 알았으면 매질도 안 하고 더 잘해주는 건데……."

이모는 다시 울음을 터뜨렸다. 톰도 콧등이 시큰해졌다. 메리 누나도 울면서 이따금 톰에 대해 좋은 말을 해주었다. 톰은 감동이 되어 지금이라도 당장 뛰쳐나가 "나, 안 죽었어요!"라고 외치고 싶었지만 꾹 참았다.

그들의 이야기를 듣고 조각조각 맞춰보니 톰은 대강의 사정을 알 것 같았다. 처음에 사람들은 아이들이 헤엄을 치러 갔다가 사고를 당한 줄 알았다. 그런데 뗏목 하나가 없어진 것을 발견하고 그 뗏목을 타고 내려가다 하류에 있는 마을에 내려갔으리라고 생각하고 안심했다. 그런데 정오쯤 마을 아래쪽으로 8킬로미터 남짓 떨어진 곳에서 뗏목이 발견되었다. 이제 사람들은 아이들이 강 한복판에서 물에 빠져 죽은 것으로 결론 내릴 수밖에 없었다. 헤엄을 잘 치는 아이들이니까, 강 한복판이 아니라면 헤엄쳐 나올 수 있었을 것이다. 아이들이 사라진 날은 수요일이었다. 사람들은 일요일 낮에 장례를 치르기로 결정했다.

밤이 되어 조의 어머니도 돌아가고 시드와 메리도 잠자리에 들어 갈 때까지 톰은 꼼짝 않고 침대 밑에 있었다. 톰은 이모가 침대에 누운 뒤에도 한참을 더 침대 밑에 있어야만 했다. 이모가 계속 불안하게 몸을 뒤척이며 가끔 비명 소리를 낸 때문이었다. 이윽고 이모의 숨소리가 고르게 되고 약한 신음 소리만 들리자 톰은 침대 밑에서 나왔다.

톰은 가만히 몸을 일으킨 뒤 한 손으로 촛불을 가리고 잠든 이모의 모습을 내려다보았다. 이모가 불쌍해서 견딜 수 없었다. 톰은 주머니에 넣고 온 단풍나무 껍질을 꺼내서 촛불 옆에 놓았다. 순간 톰의 눈이 반짝 빛났다. 갑자기 좋은 생각이 떠오른 것이다. 톰은 은행나무 껍질을 다시 호주머니에 쑤셔 넣었다. 그리고 이모에게 다가가 허리를 굽히고 이모의 창백한 입술에 살짝 입을 맞추고는 살금살금 집을 빠져나왔다.

톰은 다시 선착장으로 돌아와 아무도 없는 배에 당당히 올라탔다. 그리고 고물에 묶여 있는 보트를 끌러서 노를 저어갔다. 이어서 뭍에 닿자 톰은 해적 소굴을 향해 나는 듯이 달려갔다.

어느새 날이 밝아 오고 있었다. 톰이 해적 야영지 가까이 갔을 때 조의 목소리가 들렸다.

"아냐. 그럴 리 없어. 톰이 얼마나 의리 있는 녀석인데. 무슨 계획이 있을 거야."

"어쨌든 톰의 물건은 우리 거야. 안 그래?" 헉의 목소리였다.

"그럴지도 몰라. 하지만 아직은 아니야. 아침을 먹을 때까지 돌아오지 않으면 그렇게 하라고 여기 씌어 있잖아."

바로 그 순간 톰이 "내가 여기 왔도다!"라고 외치며 야영지로 들어섰다. 극적인 효과를 낸 셈이었다.

곧이어 베이컨과 물고기로 이루어진 호화판 식사가 준비되었다. 톰은 식사를 하면서 자신이 겪은 지난밤의 모험담을 잔뜩 부풀려서 말해주었다. 얘기가 끝나자 아이들은 자기들이 영웅의 한 패가 된 것 같아 우쭐했다. 톰은 시원한 그늘에 몸을 눕히고 정오까지 잠을 잤고 다른 해적들은 낚시질과 탐험 준비를 했다.

제14장 비밀

그날 저녁 해적들은 모래톱에서 거북이 알들을 수확했고, 그날 밤과 다음 날인 금요일 아침까지 포식했다. 포식 후 아이들은 그야말로 신나게 놀았다. 물놀이는 물론이고 공깃돌 튀기기, 공깃돌 맞추기, 공깃돌 따먹기 등의 놀이를 했고 놀이가 시들해지면 다시 물속으로 들어갔다.

하지만 노는 데도 한계가 있었다. 아이들은 차츰 놀이에 지쳐갔다. 세 아이는 점점 시무룩해지더니 따로 따로 떨어져 앉은 채 강 건너 마을을 그리운 눈빛으로 바라보며 휴식을 취했다. 그중에서 제일 풀이 죽어 있는 것은 조였다. 집 생각이 너무 나서 도무지 견디기 어려울 지경이었고 금방이라도 눈물을 쏟아낼 것 같은 표정이었다. 헉도 우울한 얼굴이었으며 톰도 기가 죽었지만 내색을 하지 않으려고 기를 썼다. 톰에게는 아직 털어놓고 싶지 않은 비밀스러운 계획이 있었던 것이다.

조가 드디어 참지 못하고 입을 열었다.

"얘들아, 이제 그만 포기하자. 난 집에 가고 싶어. 너무 외롭단 말이야."

"안 돼, 조. 차츰 기분이 나아질 거야." 톰이 조를 달랬다. "낚시질하는 게 얼마나 재미있는지 생각해봐."

"낚시질도 이제 싫어졌어. 집에 가고 싶어."

"마음대로 헤엄도 칠 수 있잖아."

"헤엄도 이제 재미없어."

"이런 어린애! 엄마가 보고 싶어서 그러는구나."

"그래, 엄마가 보고 싶다, 어쩔래. 너도 엄마가 있으면 보고 싶을걸."

"좋아, 울보는 엄마에게 보내주지, 어휴, 가엾은 아기. 아기는 보내줘야지. 하지만 헉, 너는 여기 있을 거지?"

"그, 그래." 헉이 대답했지만 마음속에서 우러나오는 것 같지는 않았다. 그러자 조가 벌떡 일어나며 말했다.

"너희들하고는 이제 평생 말 한 마디 하지 않을 거야!"

"맘대로 해! 누가 겁낼 줄 알고!" 톰이 응수했다.

곧이어 조는 옷을 입더니 작별 인사도 않고 첨벙첨벙 강을 건너기 시작했다. 톰은 가슴이 철렁 내려앉았다. 헉이 부러운 눈초리로 조를 바라보고 있었던 것이다. 톰의 예감이 맞았다. 헉이 톰에게 말했다.

"톰, 나도 집에 가고 싶어. 왠지 외로워서 견딜 수 없어. 톰, 너도 가자."

"그래? 너도 가려고? 가려면 가. 누가 너를 붙잡을 줄 알고."

헉도 흩어져 있는 옷을 주섬주섬 주워 들었다. 그러더니 톰에게 말했다.

"톰, 너도 가면 좋을 텐데. 잘 생각해봐. 저기 강둑에서 기다리고 있을게."

"어디 눈이 빠지도록 기다려보라지. 더 이상 할 말 없어."

헉은 자리를 떴고 톰은 헉의 뒷모습을 물끄러미 바라보며 서 있었다. 자존심이고 뭐고 다 버리고 당장 아이들 뒤를 따라가고 싶었다. 아이들이 돌아왔으면 하는 마음이 간절했지만 아이들은 뒤도 돌아보지 않은 채 앞만 보고 걸어갈 뿐이었다.

톰에게 갑자기 외롭고 쓸쓸하다는 느낌이 엄습했다. 그는 마지막으로 자신의 자존심과 한판 싸움을 벌인 끝에 친구들의 뒤를 따라 뛰어가며 외쳤다.

"얘들아, 기다려! 너희들에게 해줄 말이 있어!"

아이들이 걸음을 멈추고 뒤를 돌아다보았다. 아이들에게 다가간 톰은 아까부터 말할까 말까 망설이던 비밀을 털어놓았다. 처음에는 시무룩하게 듣고 있던 아이들은 톰이 말하고자 하는 '요점'을 알아듣고는 환호성을 내지르며 말했다.

"야, 그거 정말 신나겠는데!"

이어서 조는 진작 그런 이야기를 했으면 떠나려 하지 않았을 것이라고 말했다. 톰은 그럴 듯하게 둘러댔다. 하지만 톰이 그 비밀을 털어놓지 않은 이유는 따로 있었다. 말하자면 '약발' 때문이었다. 톰은 그 비밀을 털어놓아도 아이들을 그다지 오래 붙잡아두지 못할 것 같아 불안했기에 마지막 유혹 수단으로 가슴속에 묻어두었던 것이다.

이제 세 아이는 신나는 비밀을 공유한 채 즐겁게 해적 생활을 했다. 톰과 조는 헉의 유혹에 담배에 입을 댔으며 밀려오는 구역질에 이루 말도 못하는 고생을 했다. 또한 그날 밤 느닷없이 천둥과 번개를 동반한 폭우가 쏟아져 공포에 시달리기도 했다. 하지만 폭풍우가 멎고 다시 평화가 찾아오자 아이들은 곧 원기를 되찾았다. 그들에게는 무엇보다 공유하고 있는 비밀이 있었다.

톰의 제안에 세 명은 인디언 놀이를 했다. 세 명은 적대 관계에 있는 세 부족으로 나뉘어 피비린내 나는 싸움을 했다. 철천지원수가 되어 싸웠던 세 부족은 저녁 식사 전에 화해를 했다. 저녁을 먹은 뒤 이제 담배에 어느 정도 익숙해진 조와 톰은 헉이 권해주는 담배를 얼굴을 찡그리지 않고 빨아들일 수 있게 되었다.

자, 우리는 이 세 명의 해적들이 실컷 담배를 빨아들이며 우쭐대도록 내버려두기로 하자. 당분간은 이 해적들에 대해서는 별로 할 이야기가 없을 테니 말이다.

제15장 생환

우리의 해적들이 그렇게 즐겁게 해적질을 하고 있던 토요일 오후, 세인트-피터스버그 마을에서는 유쾌한 분위기라고는 찾아보려야 찾아볼 수 없었다. 하퍼네 가족들과 폴리 이모 가족들은 상복을 입고 깊은 슬픔에 잠긴 채 눈물을 쏟고 있었다. 마을 어른들은 한숨만 내쉴 뿐이었고 아이들도 평소 토요일과는 달리 즐겁게 뛰어놀지 못했다.

그날 오후 베키 새처는 우울한 마음으로 텅 빈 학교 운동장을 서성이고 있었다. 마음에 위로가 될 만한 것을 아무것도 찾을 수 없었던 베키는 혼자 중얼거렸다.

"아, 그 놋쇠 손잡이라도 가지고 있을걸! 톰을 기억할 만한 건 아무것도 없잖아."

베키의 뺨 위로 두 줄기 눈물이 흘러내렸다. 베키는 톰 생각에 더 이상 운동장에 있기가 어려워 발길을 돌렸다.

잠시 후 톰과 조의 친구였던 사내아이와 여자아이들이 운동장으로 몰려왔다. 아이들은 전에 톰과 조가 어디서 무슨 행동을 했고 무슨 말을 했는지 기억해내려 애쓰면서 이야기를 나누었다. 아이들은 그때 그냥 무심코 넘겨버린 시시한 말들이 이토록 의미심장한 말인 줄 이제야 알았다며 고개를 끄덕였다. 이윽고 아이들은 죽은 아이들을 맨 마지막으로 본 게 누구였는가를 놓고 말다툼을 벌였다. 온갖 증거와 증인들을 동원해 그 영예를 차지한 아이들은 우쭐해서 잘난 척했고 나머지 아이들은 너무 부러워서 벌린 입을 다물지 못했다. 별로 내세울 만한 게 없던 한 아이가 "난, 언젠가 톰에게 한 대 얻어맞은 적이 있어"라고 조심스럽게 말했지만 영광의 깃발을 거머쥐려던 그의 시도는 실패로 끝났다. 거의 모든 아이들이 그런 말을 할 수 있었던 것이다. 아이들은 실종된 영웅들에 대한 추억을 나누며 운동장을 떠났다.

이튿날 아침 주일학교 수업이 끝나자 평소에 울리던 종과는 다른 종이 울렸다. 매우 조용한 안식일 종소리였으며 그 구슬

픈 종소리는 온 세상을 뒤덮고 있는 무겁고 침울한 침묵과 잘 어울렸다.

마을 사람들이 하나둘씩 교회로 몰려들기 시작하더니 교회 현관 앞에서 서성거리며 그 슬픈 사건에 대하여 나지막이 소곤거리기 시작했다. 교회 안에서는 아무도 소곤거리는 사람이 없었다. 오직 상복을 입은 여자들이 자리에 앉을 때 옷자락 스치는 소리만 들릴 뿐이었다. 사람들은 이 자그마한 교회에 이토록 많은 사람이 모인 적이 있었을까 생각했다.

정적이 흐르는 가운데 폴리 이모가 나타났고 그 뒤를 따라 검은 상복을 입은 하퍼 가족이 나타났다. 교회 안은 또다시 엄숙한 침묵에 휩싸였고 이따금 흐느낌만이 들려올 뿐이었다.

이어서 예배가 시작되었고, 목사는 아이들의 좋은 점과 사랑스러운 점, 그 애들 앞에 놓여 있던 밝은 미래에 대해 실감나게 묘사했고, 교회 안의 모든 사람들은 이제껏 자기네들이 왜 그들의 장점을 보지 못하고 끈질기게 잘못된 점만 보았던 것인지 깊이 반성했다. 목사가 아이들이 행했던 감동적인 일화에 대해 이야기하자 사람들은 그들의 행동이 얼마나 숭고한 것이었는지 그제야 이해할 수 있었고, 그들의 행동을 버르장머리 없는 짓이라고, 매를 맞아 마땅한 짓이라고 생각했던 자신을 반성하고 후회했다. 목사의 이야기가 계속되자 유가족뿐 아니라 신도들 거의 모두가 감동을 받아 흐느꼈다.

바로 그때 아무도 눈치를 못 챘지만 회랑 쪽에서 뭔가 바스락거리는 소리가 났다. 잠시 후 교회 문이 삐걱 소리를 내며 열렸다. 손수건으로 연신 눈물을 훔치던 목사는 고개를 쳐들자마자 몸이 그대로 굳어버리고 말았다. 한두 사람이 목사의 시선을 따라 고개를 돌렸고 급기야 그곳에 모인 모든 사람들이 일제히 벌떡 자리에서 일어났다. 죽은 줄 알았던 세 아이가 교회 통로를 따라 걸어 들어오고 있는 것이 아닌가! 맨 앞에 톰이 그 뒤를 조가, 맨 끝에 헉이 누더기 옷을 질질 끌며 계면쩍은 표정으로 들어오고 있었다. 세 아이는 그동안, 사용하지 않는 회랑에 숨어서 자신들의 장례식을 훔쳐보고 있었던 것이다.

폴리 이모와 메리, 그리고 하퍼네 가족들이 얼마나 기뻐했는지는 묘사할 필요가 없을 것이다. 헉만이 아무도 반겨주는 사람 없이 멋쩍은 표정으로 서 있었을 뿐이었다.

"이모, 이건 불공평해요. 누군가 헉이 돌아온 것을 반겨줘야지요."

"암, 그래야지. 헉, 정말 너무 기쁘단다. 에구, 이 어미도 없는 불쌍한 것." 폴리 이모가 헉에게 애정을 보이자 헉은 좀 전보다 더 거북스러운 표정을 지었다.

그때 목사가 교회가 떠나갈 듯이 큰 목소리로 외쳤다.

“자, 모두 「만복의 근원 하느님」을 큰 목소리로 부릅시다. 힘차게 찬양합시다.”

이어서 찬송가 100장이 교회 안에 우렁차게 울려 퍼졌다.

감쪽같이 속아 넘어갔던 사람들은 교회 문을 나서면서 이처럼 감격에 찬 찬송가 100장 소리를 다시 한번 들을 수만 있다면 또 한 번 바보처럼 속아도 괜찮다고 소곤거렸다.

그날 톰은 폴리 이모로부터 1년 내내 받았던 것보다 더 많은 주먹 세례와 키스를 받았다. 톰은 그중 어느 것이 하느님에 대한 감사이고 어느 것이 자신에 대한 사랑인지 구별할 수 없었다.

제16장 톰의 꿈

마을로 몰래 들어와 자신들의 장례식에 참석한다는 것, 바로 그것이 톰이 간직하고 있던 중대 비밀이었다. 아이들은 토요일 저녁 통나무 하나에 올라타고 미주리주 쪽 강을 향해 노 저어 가서 마을 아래쪽 10킬로미터 정도 떨어진 곳에 상륙했다. 그들은 동이 틀 때까지 숲에서 휴식을 취하고 뒷길과 골목길을 통해 교회 안으로 숨어들어온 것이다.

월요일 아침 식사 때 폴리 이모가 톰에게 말했다.

"얘, 톰. 1주일 동안이나 사람들 애간장을 태우다니 너무 장난이 심했어. 하지만 그걸로 야단치지는 않을게. 다만 하다못해 네가 살아 있다는 소식은 전했어야 하는 거 아니니? 통나무를 타고 건너올 수 있는 곳에 있었다면 그럴 수 있었을 텐데."

"하지만 이모, 제가 이모를 사랑한다는 건 잘 알고 계시잖아요."

"그걸 행동으로 보여줬으면 더 잘 알았을 것 아니니?"

"그 생각을 못 했네요." 톰이 후회한다는 어조로 말했다. "하지만 이모, 전 이모 꿈을 많이 꿨어요. 그건 의미가 있잖아요."

"뭐, 별로인 것 같구나. 고양이도 꿈을 꾸니까. 하긴 안 꾸는 것보다는 낫지. 그래, 무슨 꿈을 꿨는데?"

"그러니까, 그게 수요일 밤이었어요. 꿈에서 보니까 이모는 저기 침대 앞에, 시드는 나무 상자 옆에, 메리 누나는 시드 옆에 나란히 앉아 있었어요."

"그랬겠지. 우리는 늘 그렇게 앉으니까."

"그리고 꿈에 보니까, 하퍼의 어머니도 와 계시더라고요."

"그래, 그 양반도 여기 있었지. 그래, 더 꾼 건 없니?"

"많이 꾸었어요. 그런데 생각이 잘 안 나요."

"어디 잘 생각해봐."

"바람이, 그러니까 바람이 좀 분 것 같았는데……." 톰은 손을 이마에 갖다 대고 열심히 생각하는 척했다. "아, 생각났어요. 바람에 촛불이 흔들렸어요."

"어머, 얘 좀 봐! 그래서 어떻게 됐어?"

"이모가 방문이 열린 것 같다고 말씀하신 것 같아요. 그리고 아, 왜 이리 가물가물하지? 그래요, 이모가 시드에게 문을 닫고 오라고 말씀하신 것 같아요."

이모의 눈이 휘둥그레졌다.

"아니, 세상에 이렇게 귀신이 곡할 노릇이 있나? 이제 꿈이 다 헛것이라는 말은 못 믿겠어. 얘야, 그래 꿈에서 또 뭘 본 거니?"

"아, 이제야 모든 게 다 생각나요. 이모가 제가 그다지 나쁜 애가 아니라고 하셨어요. 장난이 좀 심했을 뿐이라고……, 또…… 고삐 풀린 망아지라던가 뭐 이런 말씀을 하셨고요."

"그래, 맞아! 그 다음에는?"

"이모가 울기 시작했고 하퍼의 어머니도 울기 시작했어요. 자기가 상한 크림을 내다 버린 걸 깜빡하고 조를 매질했다고 후회했어요."

"톰, 네게 성령이 찾아왔구나. 어쩜 그렇게 다 알아맞힌단 말이냐? 아니야, 알아맞힌 게 아니라 예언을 한 거야. 어서 계속해봐, 톰!"

이어서 톰은 시드와 메리가 했던 이야기도 고스란히 맞혔다. 이모는 마치 자신에게 성령이 내린 듯 황홀해했다. 톰은 마지막으로 다음과 같이 말했다.

"이모가 저를 위해 기도하셨던 것 같아요. 그런 후 이모가 잠이 들었어요. 저는 이모가 너무 불쌍해서 단풍나무 껍질 위에 '우리는 죽지 않았어요. 잠시 해적놀이를 하려고 집을 떠난 거예요'라고 적어서 촛대 옆에 놓았어요. 그리고 아마 이모에게 허리를 굽히고 뽀뽀를 했던 것 같아요."

"그래, 내게 뽀뽀를 했단 말이지? 내게 뽀뽀를! 그것만으로도 네가 한 모든 짓을 다 용서해주마!"

이모는 톰을 으스러져라 껴안았다. 톰은 자기가 이 세상 최고 악당이라는 느낌을 떨쳐버릴 수 없었다.

잠시 후 아이들은 학교를 향해 집을 나섰고 폴리 이모는 톰의 꿈 이야기로 너무나 현실적인 하퍼 부인의 코를 납작하게 해주겠다는 심산으로 집을 나섰다. 다만 시드만은 도대체 그렇게 정확한 꿈을 꿀 수 있다는 것을 믿을 수 없어 속으로 잔뜩 톰을 의심하고 있었지만 그런 의심을 입 밖에 내지는 않았다. 분위기가 영 아니었던 것이다.

거리에서부터 톰은 영웅이 되어 있었다. 그는 평소처럼 껑충껑충 뛰지 않고 자신에게 쏠리는 남들의 시선을 의식하며 해적답게 의젓하게 걸었다. 모든 사람들이 그를 쳐다보았다. 톰은 모른 척하며 걸었지만 속으로는 기분이 너무 좋았다.

학교에서 아이들이 모두 톰과 조를 부러워하는 눈빛으로 바라보며 칭송을 하자 두 영웅은 우쭐했다. 톰과 조는 궁금해 견디지 못하는 아이들에게 영웅담을 늘어놓았다. 실제 겪은 일에 열 배의 상상력이 가미된 그들의 이야기는 끝날 줄 몰랐다. 마침내 톰과 조가 담뱃대를 꺼내어 유유히 담배 연기를 내뿜자 그들의 인기는 절정에 달했다.

톰은 이제 베키 새처 따위에 연연하지 않아도 된다고 생각했다. 명예만으로 충분했던 것이다. 앞으로는 명예만을 위해 살리라! 또한 자기가 이만큼 유명해졌으니 베키가 먼저 화해를 청해올지도 모를 일이었다.

톰은 일부러 베키를 못 본 척했다. 베키는 톰 주변을 서성이며 뭔가 기대의 눈초리로 그를 바라볼 뿐이었다. 베키는 톰이 에이미와 특히 많은 이야기를 나누는 것을 눈치채고 가슴이 아팠다. 우리의 짐작대로이지만 톰은 자기에게 작별을 고한 베키에게 단단히 복수를 해주기로 마음먹은 것이다.

그러던 톰에게 온몸에 힘이 쭉 빠지게 만드는 광경이 눈에 들어왔다. 베키가 학교 뒤꼍 작은 벤치에 앨프리드 템플과 다정하게 앉아서 그림책을 보고 있었던 것이다. 책을 보는 데 너무 열중해 있어 주위의 아무것도 눈에 들어오지 않는 것 같았다. 톰은 걷잡을 수 없는 질투심으로 속이 부글부글 끓어올랐다. 베키가 여러 번 화해할 수 있는 기회를 자신에게 주었건만 그 기회를 내동댕이친 자신이 미워지기 시작했다. 아무것도 모르는 에이미는 옆에서 따라 걸으며 뭐라고 계속 톰에게 말을 걸었지만 톰의 귀에는 한 마디도 들어오지 않았다. 톰은 급히 볼 일이 있다며 '눈치 없는' 에이미를 떼어내고 발길을 돌렸다.

"다른 놈하고 어울려?" 톰은 이를 갈았다. "그것도 이 동네 녀석이 아니라 세인트루이스에서 왔다는 말쑥하게 차려입은 녀석하고! 흥, 녀석이 이 동네 처음 나타난 날, 내가 손을 봐줬지. 어디, 두고 보자. 걸리기만 하면 한 번 더 손을 봐줄 테니! 그저 내 손에 걸리기만 하면!"

톰은 상상 속에서 앨프리드와의 결투에서 쾌승을 거둔 후 정오에 집으로 가버렸다. 양심상 에이미와 더 이상 어울릴 수도 없었고 질투심에 비참해지는 자신의 모습을 더 이상 견딜 수 없었던 것이다.

베키는 앨프리드와 그림책을 보고 있었지만 신경은 온통 다른 데 가 있었다. 하지만 시간이 가도 괴로워하는 톰의 모습이 보이지 않게 되자 승리감도 사라지고 책도 재미가 없어져버렸다. 누군가의 발소리에 끊임없이 귀를 기울였지만 헛된 바람일 뿐이었다. 가엾은 앨프리드는 베키가 점점 시무룩해지는 것을 보고 나름대로 베키의 기운을 돋아주기 위해 말했다.

"야, 이 그림 재미있다. 이걸 봐."

그러자 베키가 화를 벌컥 내며 말했다.

"제발 귀찮게 하지 마! 그깟 그림 따위는 상관없단 말이야!"

베키는 자리에서 벌떡 일어나더니 가버렸다. 앨프리드는 엉거주춤한 자세로 도대체 자기가 뭘 잘못했는지 의아해할 수밖에 없었다.

텅 빈 교실 안으로 들어온 앨프리드는 곰곰 생각한 결과 그 여자애가 톰에게 복수하려고 자신을 이용했다는 것을 깨달았다. 그는 톰이 미워서 견딜 수가 없었다. 하지만 완력으로 톰을 이길 수는 없었다. 앨프리드는 자신에게 아무런 피해 없이 톰을 골려줄 방법이 없을까 궁리했다. 그때 톰의 자리에 놓여 있는 철자법 책이 눈에 들어왔다. 절호의 기회였다. 그는 오후에 공부할 페이지를 펼친 후 그 위에다 잉크를 쏟아버렸다.

그때 마침 창문을 통해 교실 안을 기웃거리던 베키가 그 광경을 보았다. 하지만 베키는 못 본 척하고 계속 발걸음을 옮겼다. 처음에는 톰에게 그 사실을 알려주고 톰과 화해하고 싶었다. 하지만 베키는 금세 마음을 고쳐먹었다. 톰이 자신을 쌀쌀

맞게 대한 데 대한 분한 마음이 다시 치밀어 오른 것이다. 베키는 철자법 책을 더렵혔다고 톰이 선생님께 매를 맞게 내버려두겠다고 결심했다. 그뿐 아니라 앞으로 영영 톰을 미워하겠다고 다짐했다.

제17장 명예 회복

톰은 우울한 기분으로 집으로 돌아왔다. 집에 와서 마음을 달랠 심산이었다. 그런데 이모의 첫 마디는 그의 그런 기대를 산산조각 냈다.

"이 녀석, 톰! 너 단단히 경을 칠 줄 알아라!"

"이모, 왜 그러세요?"

"그러고도 남을 짓을 했지! 뭐? 꿈을 꿨어? 내가 하퍼 부인에게 다 들었다. 네가 그날 밤 여기 와서 우리들 이야기를 다 엿들었다는 걸 알았단 말이다! 내가 하퍼 부인 집에 가서 당한 망신을 생각하면! 아니, 그럴 줄 빤히 알면서도 내게 한 마디 귀띔도 해주지 않았단 말이냐! 어휴, 정말 기가 막히는구나."

사태가 완전히 역전되었다. 오늘 아침 감쪽같이 집안 식구들을 속여먹었을 때 톰에게는 그것이 아주 멋진 장난처럼 여겨졌었다. 그런데 이제는 아주 비겁하고 부끄러운 짓이 되어버린 것이다. 톰은 고개를 푹 숙였다. 뭐라고 할 말이 얼핏 떠오르지 않은 것이다. 잠시 후 톰은 겨우 입을 열었다.

"이모, 그런 짓은 하지 말아야 했는데……, 미처 생각하지 못했어요."

"암, 네 녀석이 언제 그런 생각을 해본 적이나 있니? 그저 이기적인 생각밖에는 못 하잖아. 밤에 잭슨섬으로 도망가서 우리들이 걱정하는 걸 보고 낄낄거리기나 할 줄 알지. 꿈을 꾸었다고 거짓말하면서 우리를 바보로 만들 줄이나 알지. 남들을 위한 동정심이라곤 눈곱만큼도 없는 놈이야!"

"이모, 그게 비겁한 짓인 건 저도 알아요. 하지만 처음부터 그러려던 건 아니었어요. 정말이에요. 이모를 비웃으려고 온 게 아니라고요."

"그럼 뭣 때문에 온 거야?"

"물에 빠진 게 아니니까 걱정하지 말라고 말하러 온 거예요."

"이놈아, 네가 그런 착한 생각을 했다고 믿을 수만 있다면 난 이 세상에서 제일 행복한 사람일 거다! 네가 단 한 번도 그런 적이 없었다는 건 나뿐 아니라 너도 잘 알고 있어!"

"정말이에요, 이모! 거짓말이라면 난 사람도 아니에요!"

"톰, 거짓말하면 못써. 거짓말하면 수백 배 나쁜 일을 겪게 되어 있어."

"정말이에요, 이모! 정말 이모에게 걱정을 끼치고 싶지 않아서 온 거라니까요."

"이 세상을 다 주고라도 네 말을 믿고 싶다. 네가 어떤 죄를 지었더라도 다 용서할 수 있어. 하지만, 톰! 도무지 말이 안 되잖니? 왜 그때 말을 안 한 거지?"

"이모가 장례식 이야기하는 걸 듣고 장례식 때 교회에 숨어들면 멋지겠다는 생각이 그때 들었어요. 그 계획이 너무 멋져서 비밀로 하고 싶었던 거예요. 그래서 그때 가져왔던 나무껍질을 도로 주머니에 넣었어요."

"나무껍질이라니? 무슨 나무껍질?"

"우리가 해적놀이하려고 떠났다고 쓴 나무껍질 말이에요. 그때 이모한테 뽀뽀했을 때 이모가 깨어났으면 좋았을 걸 그랬어요. 정말이에요."

그러자 이모의 깊게 파인 주름이 펴지더니 온화한 미소가 떠올랐다.

"톰, 네가 뽀뽀를 했다고?"

"그럼요."

"정말 뽀뽀를 했어?"

"정말이에요. 정말로 뽀뽀했어요."

"아니, 왜 뽀뽀를 한 거니, 톰?"

"이모를 사랑하니까요. 이모가 신음 소리를 내는 게 너무 가슴 아팠어요."

아무래도 진심처럼 들렸다. 노부인은 떨리는 목소리로 말했다.

"자, 톰. 내게 다시 뽀뽀를 해다오. 자, 어서 학교로 가. 이모를 더 이상 괴롭히지 말고."

톰이 밖으로 나가자마자 이모는 톰이 해적놀이할 때 입었던 엉망이 된 윗도리를 꺼냈다. 이모는 망설였다. 차라리 톰의 거짓말에 속고 행복해하는 게 옳을 것 같았다. 이모는 두 번이나 윗도리를 집어 들고 망설이기를 반복했다.

'그래, 거짓말이라도 실망하지 않을 거야. 좋은 거짓말이니까. 그 때문에 가슴 아파할 것 없어.'

이모는 윗도리 주머니를 뒤지기 시작했다. 다음 순간 톰이 나무껍질에 쓴 글을 읽고 이모는 눈물을 줄줄 흘리며 말했다.

"그래, 이 애가 수만 가지 죄를 저질렀다 해도 나는 용서할 수 있어."

제18장 고결한 자기희생

톰은 제법 가벼워진 마음으로 학교를 향해 출발했다. 그런데 마침 길목에서 베키와 마주쳤다. 톰은 언제나 기분에 따라 행동하는 아이였다. 톰은 조금도 망설이지 않고 베키에게로 달려가 말했다.

"베키, 아까 치사하게 굴어서 미안해. 다시는 그런 짓 안 할게. 우리 화해하자, 응?"

베키는 발걸음을 멈추고 톰의 얼굴을 비웃는 표정으로 바라보았다.

"토머스 소여 씨, 혼자서나 잘 노시면 고맙겠네요. 너랑 다시는 말하지 않을 거야."

베키는 고개를 획 돌리더니 그냥 가버렸다. 톰은 너무 어안이 벙벙한 나머지 "흥, 마음대로 해. 이 깍쟁이 같은 것!"이라고 쏘아붙일 틈조차 놓치고 말았다. 톰은 학교 운동장으로 들어서며 베키가 사내아이라면 얼마나 좋을까 생각했다. 만일 그렇다면 실컷 두들겨 팰 수 있을 텐데……. 학교 운동장에서 다시 한 번 만난 둘은 가시 돋친 말을 한마디씩 주고받았으니 둘 사이는 완전히 끝장 난 셈이었다. 베키는 어서 오후 수업이 시작되기를 목이 빠지게 기다렸다. 철자법 책을 더럽혔다고 톰이 매 맞는 꼴을 보고 싶어 애가 달았던 것이다. 템플이 한 짓이라고 고자질하고픈 마음이 조금은 남아 있었는지 모르지만 톰이 쏘아 붙인 한마디에 그마저도 어디론가 날아가버렸다.

하지만 가엾은 소녀는 자기에게 위험이 가까이 닥쳐오고 있음을 모르고 있었다. 그 위험은 바로 아이들이라면 누구나 가지고 있을 호기심 때문에 닥쳐온 것이었다. 바로 그 호기심이란 놈이 이번에는 베키에게 찾아들어 장난을 친 것이다.

도빈스 선생님은 젊은 시절의 야망을 실현하지 못한 중년의 사내였다. 그의 꿈은 의사가 되는 것이었다. 하지만 집안 형편 때문에 그 꿈을 이루지 못하고 시골 학교 교사 자리에 주저앉고 말았다. 그는 아이들에게 각자 책을 읽으라고 시키고 나면 가끔 책상 서랍에서 책을 한 권 꺼내 정신없이 읽곤 했다. 그는

다 읽고 난 책은 반드시 책상 서랍에 넣고 열쇠로 잠갔다. 아이들은 그 책이 어떤 책인지 궁금해서 미칠 지경이었고 이런 책이네, 저런 책이네, 의견도 분분했다.

그런데 베키가 문 옆에 있는 도빈스 선생님의 책상 앞을 지나다보니 서랍에 열쇠가 꽂혀 있는 것이 아닌가! 무슨 책인지 알아볼 절호의 기회였다. 베키는 주변을 살펴보았다. 다행히 아무도 없었다. 베키는 잽싸게 책을 집어 들었다. 표지에 아무개 교수의 『해부학』이라는 제목이 붙어 있었지만 베키는 그 말의 뜻조차 알 수 없었다. 베키는 책장을 넘겨보았다. 그러자 벌거벗은 인체를 멋지게 그려 넣은 천연색 그림이 눈에 들어왔다. 그때였다. 책상 위에 그림자가 어른거렸다. 톰 소여였다. 그가 교실로 들어서면서 베키의 뒤에 서서 그림을 함께 보고 있었던 것이다. 깜짝 놀란 베키는 황급히 책을 덮으려다가 하필이면 그림이 있는 페이지를 반쯤 찢어버리고 말았다. 베키는 책을 얼른 서랍에 넣고 속이 상해 울음을 터뜨렸다.

"톰 소여, 넌 정말 비겁한 애야! 뒤에서 남이 보고 있는 걸 훔쳐보다니!"

"네가 뭘 보고 있었는지 내가 알게 뭐냐?"

"정말 부끄러운 줄 알아야 해! 톰 소여, 너 일러바칠 거지?

아, 어떡해! 매를 맞을 텐데……. 아직 매를 맞아본 적이 없는데 어떡해! 하지만 너도 무사하지 못할걸!"

베키는 울음을 터뜨리며 교실 밖으로 뛰쳐나갔다. 톰은 베키의 생뚱맞은 공격에 어안이 벙벙한 채 멍하니 서 있었다. 내가 무사하지 못해? 무슨 소리지? 톰은 속으로 베키가 경을 치게 생겼다고 생각하며 의아해했다.

잠시 후 오후 수업이 시작되었다. 톰은 베키가 안됐다는 생각에 공부에는 별 관심이 없었다. 동정을 하고 싶은 마음은 없었지만 그렇다고 불쌍하다는 생각이 안 드는 것도 아니었다. 억지로 그것 참 고소하게 되었다고 생각하려 애썼지만 도무지 그런 마음이 들지 않았다. 그러다가 톰은 자신의 철자법 책이 더럽혀진 것을 발견했다. 그리고 선생님에게 발각되어 매를 맞고 돌아왔다. 그사이 베키는 앨프리드가 한 짓이라고 고자질하고 싶은 마음이 굴뚝같았지만 꾹 참았다. 베키는 속으로 생각했다.

'내가 선생님 책을 찢은 걸 분명히 톰이 고자질할 거야. 그러니 내가 톰을 구해줄 필요 없어.'

선생님에게 매를 맞고 제자리로 돌아온 톰은 별로 마음이 상한 것 같지 않았다. 자기가 장난을 치다가 자신도 모르게 잉크를 엎질렀는지도 모른다고 생각한 것이다.

그런 일이 있은 지 한시간 정도 지났을 때였다. 아이들이 책을 펼치고 각자 읽기 시작했고 도빈스 선생님은 늘어지게 하품을 하더니 서랍을 열어 그 비밀의 책을 꺼냈다. 대부분의 아이들은 선생님의 동작에 관심이 없었지만 두 아이만은 예의 주시하고 있었다. 선생님이 책을 읽을 자세를 취하자 톰이 베키를 흘낏 쳐다보았다. 베키는 마치 총구가 머리를 겨누고 있어 꼼짝도 못하고 있는 토끼처럼 보였다. 순간 톰은 베키와 다투었던 일을 까맣게 잊어버렸다. 빨리 무언가 해야만 했다! 하지만 사태가 너무 급박해서 제대로 머리가 돌아가지 않았다. 옳지! 그 순간, 영감이 번뜩 떠올랐다. 그래, 앞으로 뛰어나가 재빨리 책을 낚아채서 밖으로 도망가버리자! 하지만 톰은 기회를 놓쳤다. 선생님이 이미 책을 펼친 것이다. 톰은 이제 베키를 구해낼 방도가 없다고 생각했다.

책을 펼쳐 본 선생님은 아이들을 노려보기 시작했다. 영문도 모르는 아이들이 모두 눈을 내리깔았다. 그만큼 무시무시한 눈초리였다. 이윽고 선생님이 노기 띤 목소리로 물었다.

"누가 이 책을 찢었지?"

아무도 대답을 하지 않았다. 선생님은 잘못을 저지른 아이를 적발하려 할 때 늘 쓰던 방법대로 한 명 한 명씩 이름을 부르며 네가 한 짓이냐고 물었다. 아이들은 부인했다. 그런 가운데 드디어 베키의 차례가 되었다. 톰은 흥분해서 머리부터 발끝까지 온몸을 떨고 있었다. 상황이 너무 절망적으로 보였다.

"레베카 새처" 하고 선생님이 베키의 이름을 부르자 톰은 그 애의 얼굴을 힐끗 바라보았다. 베키의 얼굴은 백짓장처럼 창백했다. "네가 책을……, 아니, 얼굴을 안 들고 뭐 하는 거냐? 네가 책을 찢었느냐?"

바로 그 순간 톰의 머리에 번쩍 스쳐가는 생각이 있었다. 톰은 자리에서 벌떡 일어나더니 외쳤다.

"제가 그랬습니다!"

교실 안의 아이들은 모두 어리둥절해서 톰을 바라보았다. 톰은 앞으로 불려나갔다. 톰은 베키가 놀람과 고마움과 존경이 뒤섞인 눈길로 자신을 바라보고 있는 것을 곁눈질하며 매를 100대 이상 맞더라도 충분한 보상이 되고도 남을 것 같다고 생각했다. 톰은 도빈스 선생님이 이제껏 들었던 매 중에 가장 혹독한 매를 맞으면서도 신음 소리 한 번 내지 않았다. 톰은 수업이 끝나고 나서도 두시간 교실에 남아 있으라는 벌도 당당히 받아들였다. 누가 밖에서 기다리고 있는지 알고 있었기에 그

지겨운 시간이 아무 쓸모없는 낭비가 아니라는 생각이 들었던 것이다.

톰은 그날 밤 앨프리드 템플에게 복수할 방법을 궁리하며 잠자리에 들었다. 베키가 톰에게 자초지종을 모두 이야기해준 것이다. 하지만 잠시 후 복수하겠다는 일념은 사라지고 흐뭇한 마음으로 잠에 빠져들 수 있었다. 베키가 해준 말이 귓전을 맴돌았던 것이다.

"톰, 넌 어쩜 그렇게 고결할 수 있는 거니?"

제19장 재판

여름방학이 시작되었다. 그토록 기다리던 방학이 왔건만 늘 그렇듯이 금세 매일 매일이 지루해지기 시작했다. 톰은 일기를 쓰기로 마음먹었다. 하지만 사흘 동안 아무 일도 일어나지 않자 때려치웠다. 지방 순회 공연단이 왔다 갔고 서커스도 와서 아이들에게 활기를 불어넣기도 했지만 그것도 잠시일 뿐 금세 맥이 풀렸다. 베키 새처마저 방학 동안 부모님과 함께 콘스탄티노플의 집으로 가버렸다. 톰의 삶에서 즐거운 일이라고는 눈을 씻고 찾으려야 찾을 수 없었다.

게다가 톰을 끊임없이 괴롭히는 것이 있었다. 바로 지난번 헉과 함께 목격한 살인 사건이었다. 그 일은 마치 치유 불가능한 암처럼 톰을 괴롭혔다.

그러던 차에 톰이 덜컥 홍역에 걸렸다. 톰은 2주일 동안이나 꼼짝 못 하고 집 안에 갇힌 채 바깥세상과는 격리되어 지냈다. 잠시 병이 나은 것 같아서 바깥나들이를 했던 톰은 병이 다시 도져서 3주 이상을 더 누워 있어야만 했다. 톰에게는 그 기간이 마치 한 세대나 지난 것처럼 길고 지루하게 느껴졌다. 마치 자기 자신이 친구 하나 없는 외톨이가 된 것 같은 기분이었으며, 이 세상이 모두 쓸쓸하고 황량하게 변한 것만 같았다.

이렇듯 모든 사람에게, 특히 톰에게 비몽사몽 같기만 하던 세인트-피터스버그의 분위기가 아연 술렁이기 시작했다. 살인 사건 재판이 시작되었던 것이다. 재판은 곧 마을 사람들 사이에서 흥미진진한 화젯거리가 되었다.

하지만 톰은 살인 사건 이야기를 들을 때마다 가슴이 섬뜩할 수밖에 없었다. 양심의 가책과 공포심으로 인해 그 이야기가 마치 자신의 속을 떠보는 것 같았던 것이다. 자신이 그 사건에 대해 알고 있으리라고는 아무도 생각하지 않을 것임을 잘 알고 있으면서도 톰은 불안해서 견딜 수 없었다.

어느 날 톰은 헉을 으슥한 곳으로 데려갔다. 똑같은 문제로 괴로워하고 있던 처지였으니 서로에게 위안이 될 것 같아서였다. 또한 헉이 비밀을 지키고 있는지 확인하고 안심하기 위해서였다.

"헉, 다른 사람들에게 이야기하지 않았지? 그 일 말이야."

헉은 당장 눈치를 채고 말했다.

"물론이지. 안 했어."

"한 마디도?"

"입도 뻥끗 안 했어. 정말이라고. 그런데 그걸 왜 묻는 거야?"

"실은 좀, 겁이 나서."

"야, 톰. 그게 알려지면 우리는 단 이틀도 살아 있지 못할 거야. 너도 잘 알잖아."

헉의 말을 듣고 톰은 안심이 되었다. 둘은 비밀을 지킬 것을 다시 한번 굳게 맹세했다. 둘은 안심이 되는 한편 머프 영감에 대한 죄의식도 동시에 느꼈다.

톰이 말했다.

"그런데 머프 영감이 불쌍하다는 생각이 들어. 다들 그 사람 욕만 하고……."

"나도 그래. 물론 아무도 거들떠보지 않는 사람이긴 해. 하지만 누구를 해친 적은 없잖아. 가끔 술 마실 돈 마련하려고 낚시질이나 할 뿐이고, 그냥 빈둥거리기나 하고……. 하지만 그러지 않는 사람이 어디 있어? 대개 다들 그러잖아. 목사니 뭐니 하는 사람들도 그러잖아. 그리고 그 영감은 참 착한 사람이야. 한 번은 고기를 별로 잡지 못했는데도 내게 절반이나 주었어. 내 편도 자주 들어줬어."

"그래? 내 연이 망가졌을 때 고쳐준 적도 있어. 낚싯줄에 바늘도 꿰어주고 말이야. 거기서 빼내주고 싶어."

"뭐야? 우리가 어떻게 거기서 빼내? 또, 빼내면 뭐해? 금세 잡힐 텐데."

"맞아. 하지만 사람들이 포터 영감 욕하는 소리를 듣기 싫어. 그 사람은……, 사람을 죽이지 않았잖아."

"나도 그래. 그 사람이 풀려나기라도 하면 몰려가서 때려죽일 기세야."

그날 저녁 어둑어둑해지자 두 아이는 외딴 곳에 있는 유치장 근처를 서성거렸다. 마치 무슨 기적이라도 일어나 자신들의 어려움을 해결해주길 기대하는 것 같았다. 하지만 아무 일도 일어나지 않았다. 이 불운한 죄수를 구해주려는 천사나 요정은 나타나지 않았다.

아이들은 전에도 그랬듯이 창살로 다가가 담배와 성냥을 넣어주었다. 포터 영감은 1층에 갇혀 있는데다 간수도 없었다. 전에도 물건을 넣어주면서 포터가 고마워할 때마다 두 아이는 양심의 가책에 가슴이 뜨끔했지만 이번에는 더 가슴이 찔렸다. 특히 영감의 다음과 같은 말을 듣고는 자신들이 끔찍한 배신자인 것만 같았다.

"얘들아, 정말 고맙구나. 나는 애들 연이나 장난감도 고쳐주고 좋은 낚시터도 가르쳐주면서 애들하고 사이좋게 지내려 애썼지. 그런데 지금 내가 이렇게 어려움에 처하니까 아무도 내 생각을 안 해주는구나. 너희 둘만 빼놓고 말이다. 너희 둘만 나를 잊지 않고 있구나. 나도 너희들을 잊지 않겠다고 다짐하곤 한단다. 얘들아, 내가 한 가지만 당부하마. 술을 취하도록 마시지는 말라는 당부란다. 술에 취하지 않으면 이런 곳에 들어올 이유가 없지. 둘 중 누가 무동을 서서 내 손을 잡아주렴. 너희들 다정한 손을 한번 잡아보고 싶구나."

그날 집으로 돌아온 톰은 무서운 꿈에 시달렸다. 이튿날도, 또 그 이튿날도 톰은 재판소 앞을 서성거렸다. 헉도 마찬가지로 재판소 앞을 서성거렸지만 둘은 애써 서로간의 눈길을 피했다. 재판을 참관하고 나오는 사람들의 말을 귀동냥한 결과 인전 조의 말과 증거가 너무 확실해서 배심원들의 평결은 불을 보듯 뻔했다. 그날 밤 톰은 늦은 시각까지 밖에 있다가 창문을 통해 몰래 침실로 들어왔다. 몹시 흥분한 상태였으며 몇 시간 동안 잠을 이루지 못했다.

다음 날 아침 온 마을 사람들이 재판소 앞으로 모여들었다. 판결 공판이 열리는 날이었던 것이다. 재판정 안 방청석은 꽉 들어차 있었다. 한참 후에 배심원들이 들어와 배심원석에 앉았고 이어서 창백한 얼굴의 포터가 겁먹은 표정으로 법정에 들어섰다. 인전 조도 들어서더니 눈에 띄는 자리에 앉았다. 이윽고 재판장이 입장했고 정리(廷吏)가 재판 개시를 알렸다. 변호사들은 나지막이 속삭이며 서류를 뒤적였다.

곧바로 증인 심문이 있었다. 제일 먼저 나온 증인은 사건 당일 날 아침에 포터 영감이 개울에서 몸을 씻고 있는 것을 보았으며 몸을 씻자마자 어디론가 급히 달려가더라고 증언했다. 검사의 질문이 끝나고 재판장이 변호사에게 증인을 심문하라고 말했다. 그러자 변호사는 질문이 없다고 간단하게 대답했을 뿐이었다.

이어서 네댓 명의 증인이 나와 포터의 행동에 대해 불리한 증언을 계속했지만 변호인은 매번 증인에 대한 질문이 없다는 말로 일관했다. 방청객들은 동요했고 당혹해했다. 도대체 왜 자신이 변호하고 있는 피고의 목숨을 그냥 포기했단 말인가?

증인 심문이 끝나자 검사가 최후의 논고를 했다.

"의심할 바가 추호도 없는 시민들의 증언에 따라 이 범죄는 저 불행한 범인에 의해 저질러졌다고 확신하는 바입니다. 이 사건과 관련한 심문은 이것으로 그치겠습니다."

순간 불쌍한 포터의 입에서 신음 소리가 새어나왔다. 그는 두 손에 얼굴을 파묻고 몸을 앞뒤로 흔들고 있었다. 법정 안에는 정적이 감돌았다. 여자들 가운데는 동정의 눈물을 흘리는 사람들도 있었다.

그때였다. 이제껏 가만히 있던 피고 측 변호인이 자리에서 일어나 입을 열었다.

"존경하는 재판장님, 이 재판이 시작되었을 때부터 피고가 음주로 인한 맹목적이고 무책임한 환각 상태에서 이 끔찍한 행동을 저질렀음을 증명하는 것이 본 변호인의 목적이었습니다. 하지만 본 변호인은 그 의견을 바꿨습니다." 이어서 그는 서기를 보고 말했다. "톰 소여를 증인으로 불러주십시오."

순간, 포터를 비롯해 법정 안에 있던 모든 사람들의 얼굴에 놀람의 빛이 떠올랐다. 겁먹은 표정으로 앞으로 나온 톰은 증언대에 서서 선서를 했다.

"토머스 소여, 6월 17일 자정 무렵에 어디 있었습니까?"

톰은 인전 조의 무시무시한 얼굴을 흘낏 바라보고는 혀가 굳어버렸다. 방청객들이 숨을 죽인 채 귀를 기울였지만 톰의 입에서는 아무 말도 나오지 않았다. 하지만 잠시 후 간신히 기운을 차린 톰은 곁에 있는 사람에게만 들릴락 말락 한 작은 소리로 간신히 대답했다.

"공동묘지예요."

"좀 더 큰 소리로 말해요. 그러니까, 그때……."

"공동묘지에 있었습니다."

인전 조의 얼굴에 비웃는 듯한 미소가 스쳤다.

"호스 윌리엄스의 무덤 근처 말인가요?"

"네, 그렇습니다."

"얼마나 가까이 있었습니까?"

"지금 저와 변호사님의 거리만큼 떨어져 있었습니다."

"숨어 있었습니까?"

"네, 숨어 있었습니다."

"어디에 숨어 있었습니까?"

"무덤가 옆 느릅나무 뒤에 숨어 있었습니다."

이 말을 듣자 인전 조는 꽤나 놀라는 기색이었다.

"같이 있던 사람이 있습니까?"

"네. 그때 같이 있던 사람은……."

"잠깐, 그 사람은 나중에 다시 증인으로 부르기로 하고 그날 본 일을 빠짐없이 진술해주십시오."

톰은 이야기를 시작했다. 처음에는 더듬거렸지만 일단 이야기 타래가 풀리자 술술 말이 잘 나왔다. 얼마 동안 법정에는 톰의 진술만이 들릴 뿐 쥐죽은 듯 고요했다. 방청객들은 긴장한 가운데 가슴을 졸이고 듣고 있었다. 마침내 톰이 "의사 선생님이 판자로 내리치자 포터 영감이 쓰러졌고 그때 인전 조가 포터의 주머니칼을 집어 들고……"라는 진술을 했을 때 그 긴장감은 최고조에 달했다.

순간, 쨍그랑! 하고 유리창 깨지는 소리가 났다. 인전 조가 창문을 향해 번개처럼 달려가더니 제지하려는 사람들을 제치고 어디론가 사라져버린 것이다.

제20장 톰의 불안

톰 소여는 다시 한번 영웅이 되었다. 어른들로부터는 귀여움을 받는 아이요, 아이들로부터는 부러움의 대상이 된 것이다. 심지어 마을 신문에서 톰의 영웅적 행동을 대서특필했기에 그는 역사적 인물이 되었다. 마을 사람들 중에는 톰이 별탈없이 어른으로 성장하면 미국 대통령이 될 것이라고 말하는 사람도 있었다.

언제나 그렇듯 변덕스럽고 분별력이 없는 세상 사람들은 포터를 있는 힘껏 감싸고 돌았다. 세상이란 본래 그런 법이니 탓할 필요도 없다.

그즈음 톰은 말하자면 이중생활을 하고 있는 셈이었다. 낮이면 신바람 나고 즐거운 일들이 줄을 이었지만 밤이 되면 그야말로 공포의 도가니였다. 인전 조가 살기등등한 눈초리를 하고 밤마다 꿈속에 나타났던 것이다. 그래서 톰은 해가 진 뒤에는 절대로 밖으로 나가지 않았다. 불쌍한 헉도 공포에 시달리기는 마찬가지였다. 톰의 입에서 자기 이름이 나오지 않았고, 또 인전 조가 도망가는 바람에 증언대에 서야 하는 고난에서는 벗어날 수 있었지만 자기도 이 사건에 연루되어 있다는 사실이 새어나가지 말라는 보장이 없었다. 걱정이 된 헉은 변호사를 찾아가 제발 모든 것을 비밀로 해달라고 부탁했지만 그게 무슨 소용이 있단 말인가?

판결 공판이 있기 전날 양심의 가책을 느낀 톰은 머프 영감의 변호사를 찾아가 모든 것을 털어놓았다. 헉의 입장에서 보자면 톰은 피의 맹세를 저버린 것이었고, 순간 헉에게서 인류를 향한 신뢰감은 흔적도 없이 사라져버렸다.

톰은 머프가 매일 고맙다고 할 때마다 말하길 잘했다고 생각했다. 하지만 밤이 되면 입을 꼭 다물고 있을 걸 그랬다고 후회했다. 어떤 때는 인전 조가 절대로 잡히지 않을 것 같아 무서웠고, 어떨 때는 그가 붙잡힐 것 같아 두려웠다. 이래도 저래도 무서움에 시달리면서 톰은 인전 조가 죽고 자신이 그 시체를 직접 볼 때까지는 결코 마음 놓고 숨도 쉴 수 없으리라고 생각했다.

현상금까지 내걸고 마을 구석구석을 샅샅이 뒤졌지만 인전조의 행방은 오리무중이었다. 마침내 세인트루이스로부터 탐정 한 명이 왔다. 전지전능하며 경이로운 능력을 지녔다는 평판이 자자한 탐정이었다. 고개를 끄덕이며 다 알겠다는 듯한 표정으로 고양이가 쥐를 찾듯 근처를 수색한 뒤에 탐정은 그런 사람들이 늘 이루곤 하는 대성공을 거두었다. 말하자면 '단서'를 잡아낸 것이다. 하지만 '단서'를 법정에 내세워 교수형에 처할 수는 없는 노릇 아닌가? 단서만 덜렁 제시한 채 탐정이 돌아간 후 톰은 더욱 불안할 수밖에 없었다.

하지만 예나 지금이나 변치 않는 진리가 있다. 세월이 약이라는 진리 말이다. 하루하루가 느릿느릿 흘러갔고, 그렇게 세월이 지나가면서 톰의 두려운 마음도 조금씩 가벼워졌다.

제21장 유령의 집

정상적으로 자란 아이들이라면 어딘지 모를 곳에 묻혀 있을 보물을 파내고 싶다는 강렬한 욕구를 한 번쯤은 느껴보기 마련이다. 어느 날 톰이 바로 그런 욕구에 사로잡혔다. 톰은 조 하퍼를 찾아 나섰지만 만날 수 없었고 벤 로저스를 찾았지만 낚시질을 가고 없었다. 톰은 길을 걷다가 우연히 '피투성이 손' 헉을 만났다. 헉이라면 좋다고 하리라. 톰은 헉을 조용한 곳으로 데리고 가서 계획을 털어놓았다.

헉은 당연히 찬성했다. 헉은 재미있고 돈이 들지 않는 일이라면 언제고 참여했다. 시간은 돈이라고 했지만 그에게는 돈이 되지 않는 시간이 귀찮을 정도로 넘쳐나고 있던 때문이었다.

"그런데 어딜 파야 하지?"

"어디든 파보는 거야."

"그러면 보물이 아무 데나 숨겨져 있단 말이야?"

"아니, 그렇지는 않아. 특별한 곳에 숨겨져 있어. 때로는 섬에 있고 어떤 때는 죽은 나무 그림자 가지 끝에 묻혀 있기도 해. 자정에 생긴 그림자 말이야. 하지만 대개 귀신이 나오는 집 마루 밑에 묻혀 있어."

"누가 감춰 놓는 건데?"

"아, 그야 물론 강도들이지. 야, 주일학교 교장 선생님이 묻어 놓겠니?"

"다시 찾으러 오지 않을까?"

"응, 대개 안 와. 넌, 책을 안 봐서 정말 아무것도 모르는구나. 표시를 해놓은 곳을 잊어버리거나 찾으러 오기 전에 죽어버린다고. 나중에 누군가 보물을 묻어놓은 장소가 그려진 누런 종이를 발견하기도 하지. 그런데 찾는 데 아주 오래 걸려. 대개 암호나 상형문자로 표시를 하거든."

"상……, 뭐라고?"

"상형문자. 그림이나 아무 의미도 없는 그런 물건들을 그려 놓은 것."

"너, 그럼 그런 종이가 있는 거니?"

"없어."

"그럼 무슨 수로 그걸 찾아낸다는 거야."

"저기 개천 위에 유령이 나온다는 집이 한 채 있잖아. 그 근처에 죽은 나뭇가지들이 엄청나게 많다고."

"거기 아무 데나 파면 다 보물이 있는 거야?"

"이런 멍청하긴. 그중에 한 군데 있을 거란 말이야."

"그럼 어디부터 파야 할지 어떻게 알아?"

"모조리 파봐야지."

"야, 그러다간 여름이 다 가겠다."

"헉, 그럼 어떠냐? 번쩍거리는 금화가 100달러나 묻혀 있는 항아리를 발견한다고 치자. 얼마나 신이 나겠니?"

"그럼 해볼까?"

헉이 동의하자 두 아이는 개천 건너편 언덕에 있는, 가지가 썩은 나무 밑부터 파보기로 하고 그곳으로 향했다. 약 5킬로미터 정도 떨어진 거리였다. 가는 길에 톰이 헉에게 물었다.

"그나저나 헉, 너 보물을 찾게 되면 네 몫으로 뭘 할래?"

"나? 매일 파이를 사 먹고 사이다 한 잔씩 사 먹어야지. 마을에 서커스단이 오면 구경 가고. 정말 신나게 놀 거야."

"아니, 그렇게 다 써버리겠다고? 저축은 안 해?"

"저축해서 뭐 하게?"

"글쎄……, 나중에 먹고 살 것을 준비해야 하잖아."

"야, 난 그런 거 필요 없어. 얼른 써버리지 않으면 언제고 아빠가 나타나서 다 긁어갈 텐데. 아빠는 금세 빈털터리가 될 거고. 그나저나 너는 뭐 할 건데?"

"나는 새 북을 하나 사고, 진짜 칼을 살 거야. 빨간색 넥타이도 사고 불도그 새끼도 한 마리 사야지. 그리고 결혼할 거야."

"뭐, 결혼!"

"그래."

"톰, 너 지금 제정신이니?"

"두고 봐, 알게 될 테니."

"야, 결혼처럼 바보 같은 짓은 없어. 우리 아빠랑 엄마를 봐라. 매일 싸워요! 원 왜들 그렇게 싸우는지!"

"난 달라. 싸우지 않는 여자애랑 결혼할 거야."

"웃기지 마. 계집애들은 다 똑같아. 그런데 네가 결혼하겠다는 계집애 이름이 뭐니?"

"말조심해. 계집애가 아니라 여자애야. 암튼 이름은 나중에 말해줄게."

어느새 목적지에 도착한 두 아이는 잠시 그늘에서 쉰 다음 땅을 파기 시작했다. 둘은 약 30분 동안 땀을 뻘뻘 흘리며 땅을 팠지만 아무것도 나오지 않았다. 잠시 숨을 고르고 다시 30분을 열심히 팠지만 소득이 없기는 마찬가지였다.

두 아이는 이후 두 군데를 더 파보았지만 나오는 것은 아무것도 없었다. 그러자 그제야 톰이 제정신이 든 듯 말했다.

"이런 바보 같으니! 자정에 나뭇가지 그림자가 어리는 곳을 파야 하는 건데."

"제길, 그럼 지금까지 헛수고한 거잖아. 그럼 밤에 또 와야겠네. 꽤 먼 길인데……. 너, 밤에 빠져나올 수 있겠니?"

"물론이지. 오늘 밤에 반드시 해야 해. 누군가가 이 구멍을 발견하면 여기 뭐가 있는지 금세 알고 파낼 거야."

"그럼, 오늘 밤 네 집 앞에 가서 야옹 소리를 낼게."

"좋았어. 연장들은 덤불 속에 감추자."

아이들은 그날 밤 다시 그곳에 나타났다. 그들은 자정이 될 때까지 기다렸다. 장소도 그렇고 시간도 그렇고 으스스하기 그지없었다. 귀신이 나뭇잎을 흔들며 지나가고 유령들이 길모퉁이에 숨어 있는 것 같았다. 자정쯤이 되었다고 짐작한 그들은 나뭇가지 끝 그림자가 드리워진 지점을 파기 시작했다. 구덩이는 점점 깊어졌다. 곡괭이 날에 뭔가 부딪치는 소리가 날 때마다 가슴이 설레었지만 번번이 실망만이 돌아왔을 뿐이었다. 돌멩이나 나무토막에 닿아서 나는 소리였다.

마침내 톰이 말했다.

"소용없어, 헉. 또 헛다리짚었어."

"그럴 리가 있어? 정확하게 그림자 드리워진 곳을 팠잖아."

"그건 알아. 하지만 한 가지가 더 있어."

"그게 뭔데?"

"우리가 시간을 어림으로 짐작했잖아. 너무 이르거나 너무 늦었을 수도 있어."

그러자 헉이 삽을 집어던지며 말했다.

"맞아. 다 그만둬야겠다. 어떻게 시간을 정확하게 맞출 수 있어? 게다가 마녀와 유령이 우글거리는 데서 일하는 것도 너무 무서워. 꼭 내 등 뒤에 뭐가 있는 것만 같다고."

"난 안 그런 줄 알아? 게다가 보물을 묻을 때는 죽은 사람도 함께 묻거든. 보물을 지키라고 말이야."

"오, 맙소사!"

"정말이야. 여러 번 들었어."

"톰, 난 시체는 질색이야. 톰, 우리 이곳 땅 파는 건 포기하고 다른 곳을 찾아보자."

"그래, 그게 좋겠다. 자, 그럼 어디서 보물을 찾는다?"

잠시 생각에 잠겼던 톰이 입을 열었다.

"그래, 유령의 집! 헉, 바로 그거야! 유령의 집을 파보는 거야!"

"빌어먹을! 난 유령이 나오는 집은 싫어! 유령이 죽은 사람보다 더 무섭단 말이야. 죽은 사람들도 말을 할지도 모르지. 하지만 적어도 유령처럼 아무도 모르게 미끄러지듯 갑자기 나타나서 어깨너머로 쳐다보며 이빨을 갈지는 않잖아. 어휴, 그런 건 견딜 수 없어."

"맞아, 헉. 하지만 유령들은 밤에만 돌아다니잖아. 거기서 낮에 땅을 파는 걸 방해하지는 않을걸."

"그렇구나. 하지만 유령의 집은 낮에도 가기 싫은데……."

"하지만 낮에 유령을 봤다는 사람은 아무도 없었어. 기껏해야 파란 불빛이 쓱 미끄러지듯 지나가는 걸 본 사람뿐이야. 그걸 겁낼 필요는 없잖아."

"좋아, 정 그렇다면 유령의 집을 한번 파보자."

두 아이는 언덕을 내려오기 시작했다. 저 아래 달빛이 비치는 계곡 한가운데 유령의 집이 서 있었다. 주위에 집이 한 채도 없는 외진 곳이었다. 울타리는 없어진 지 오래되었고 현관 층

계까지 잡초가 무성했다. 굴뚝은 허물어져 있었고 창에는 창틀만 있을 뿐이었으며 지붕 한쪽도 푹 꺼져 있었다. 두 아이는 혹시 파란 불빛이 휙 지나가지나 않는지 잠깐 동안 유령의 집을 내려다보았다. 그들은 목소리를 잔뜩 낮추어 속삭이며, 유령의 집과 거리를 두기 위해 오른쪽으로 방향을 틀었다. 그들은 카디프 힐 뒤쪽을 장식하고 있는 숲을 통과해서 마을로 돌아왔다.

제22장 숨겨진 보물

이튿날 정오쯤 두 아이는 전날 땅을 팠던 고목 아래 도착했다. 톰은 빨리 유령의 집으로 가고 싶어 안달이었다. 그런데 문득 헉이 톰에게 말했다.

"톰, 너 오늘 무슨 요일인지 알아?"

그 말을 듣고 톰은 속으로 오늘이 무슨 요일인지 셈해보고는 깜짝 놀랐다.

"아, 미처 그 생각을 못했네. 오늘이 금요일이잖아."

"맞아. 금요일에 이런 짓을 하다가는 무슨 이상한 일을 당할지 몰라. 게다가 내가 어제 되게 재수 없는 꿈까지 꿨거든. 쥐 꿈을 꿨단 말이야."

둘은 오늘은 작업을 하지 않고 그냥 카디프 힐에서 놀다 가기로 했다. 그들은 유령의 집을 아쉬운 눈길로 내려다보며 로빈 후드 놀이를 하면서 오후 내내 그곳에서 놀았고 해가 뉘엿뉘엿 질 무렵이 되어서야 집을 향해 걸음을 옮겼다.

다음 날, 그러니까 토요일 오후 두 아이는 다시 고목나무 아래에서 만났다. 그들은 그늘에 앉아 담배를 피우며 잡담을 나눈 뒤 전에 파던 구덩이를 조금 더 파보았다. 전에 어떤 사람이 보물을 파다가 10센티미터를 남겨두고 포기했는데, 나중에 다른 사람이 나타나서 단 한 번의 삽질로 보물을 발견한 적이 있다는 이야기를 톰이 해준 때문이었다. 큰 기대는 하지 않았지만 작은 기대마저 여지없이 깨지자 둘은 이제 할 만큼은 다했다고 자위하며 연장을 챙겨 들고 유령의 집을 향해 언덕을 내려가기 시작했다.

유령의 집에 도착하자 두 아이는 처음에는 너무나 음산한 분위기에 집 안으로 들어갈 엄두를 내지 못했다. 그들은 문으로 살금살금 다가가 떨리는 마음으로 안을 살펴보았다. 마룻바닥이 뜯어져 흙이 그대로 드러나 있는 방에는 잡초가 무성했고 벽에는 옛날 벽난로가 흉물처럼 놓여 있었다. 두 아이는 당장이라도 도망칠 것 같은 자세로 안으로 들어갔다. 차츰 무서움이 사라지자 두 아이는 집 안 구석구석을 살피기 시작했다. 이어서 조금 대담해지자 2층에도 올라가보고 싶어졌다. 둘은 눈빛으로 서로를 격려하며 연장을 내팽개친 채 낡은 계단을 통해 2층으로 올라갔다.

2층도 마찬가지로 폐허였다. 한구석에 비밀이라도 감춘 것 같은 벽장이 하나 있었지만 기대와 달리 안은 텅 비어 있었다. 아이들은 이제 용기도 솟고 흥분도 가라앉았다. 둘은 일을 시작하기 위해 아래로 내려가려 했다.

그때였다.

"쉿!" 톰이 손가락을 입술에 대며 나지막하게 속삭였다.

"왜 그래?" 놀라서 얼굴이 새파랗게 질린 헉이 말했다.

"쉿……. 잠깐! 저기 저 소리 들리지?"

"그래, 맙소사! 야, 빨리 도망가자."

"가만히 있어. 꼼짝 말라니까. 누군가 문 쪽으로 걸어오고 있잖아."

두 아이는 바닥에 납작 엎드린 채 판자 구멍을 통해 아래쪽을 내려다보며 기다렸다. 둘 다 겁에 잔뜩 질려 있었다.

남자 둘이 집 안으로 들어섰다. 헉이 숨죽인 목소리로 말했다.

"한 명은 본 적이 있는 사람이야. 벙어리에다 귀머거리인 스페인 영감. 요즘 마을에 한두 번 나타났던 적이 있어. 다른 한 명은 본 적이 없는 사람이야."

처음 보는 사람은 누더기를 걸치고 머리가 아무렇게나 헝클어진 험악한 인상의 젊은 사내였다. 스페인 영감은 어깨걸이를 뒤집어쓰고 있었고 챙 넓은 스페인식 모자 아래로는 백발을 길게 늘어뜨리고 있었으며 동그란 안경을 쓰고 있었다.

그들이 안으로 들어오자 낯선 사내의 목소리가 또렷이 들렸다.

"싫어요. 곰곰 생각해봤는데 안 되겠어요. 너무 위험해요."

"뭐가 위험하다는 거야! 이런 겁쟁이 같으니!"

귀머거리에다 벙어리인 스페인 영감이 투덜거리는 소리를 듣고 두 아이는 깜짝 놀랐다.

두 아이는 숨이 턱 막혀왔고 몸을 부들부들 떨었다. 벙어리가 말을 한 때문만이 아니었다. 바로 인전 조의 목소리였던 것이다!

얼마간 침묵이 흐른 뒤 인전 조가 다시 입을 열었다.

"저 상류 쪽에서도 아무 일이 없었잖아. 들킬 염려 없다고."

이후 둘이 더 말을 주고받았지만 톰과 헉은 무슨 말인지 도통 이해할 수 없었다. 그런데 낯선 사람이 나중에 하는 말을 듣고 둘은 다시 깜짝 놀랐다.

"어쨌든 이 오두막을 빨리 떠야 해요. 어제 떠나야 하는 건데 그 망할 녀석들이 이곳이 훤히 보이는 언덕 위에서 놀고 있으니 꼼짝할 수가 있었어야지요."

바로 그 '망할 녀석들'인 톰과 헉은 어제가 금요일이라서 이곳으로 곧바로 오지 않고 하루 기다리기로 한 게 천만다행이라고 생각했다. 그리고 속으로는 '아, 1년이라도 기다릴걸'이라고 진심으로 후회하고 있었다.

두 사내는 가지고 온 점심을 먹기 시작했다. 점심을 먹은 후 한참 동안 생각에 잠겨 있던 인전 조가 다시 말문을 열었다.

"위험하건 않건 간에 나는 기회를 봐서 '그 일'을 처리할 거야. 이봐, 애송이. 자네는 강 상류 쪽에 가 있다가 내가 연락할 때까지 기다려. 난 마을에 한 번 더 가볼 작정이야. 자네는 기다리고 있다가 내가 필요하다고 하면 도와줘야 해. 약속을 안 지키면 어떻게 되는지 알겠지? '그 일'을 처리한 뒤에 함께 텍사스로 튀는 거야."

인전 조의 말에 젊은 사내는 아무 대답도 하지 않았지만 체념한 것 같았다. 이윽고 두 사내는 하품을 하기 시작했다. 인전 조가 하품을 하며 말했다.

"어휴, 졸려 죽겠군. 자네는 망을 봐."

조는 바닥에 웅크리고 눕더니 이내 코를 골기 시작했다. 얼마 뒤 망을 보던 사내도 끄덕끄덕 졸더니 잠시 후 고개를 떨어뜨리고 코를 골았다.

톰이 헉의 귀에 대고 속삭였다.

"지금이 기회야. 어서 튀자!"

"싫어. 저들이 깨면 그대로 죽음이야!"

톰은 헉을 놔두고 계단에 발을 올려놓았다. 그러자 요란하게 삐걱거리는 소리가 났고 톰은 혼비백산해서 그 자리에 주저앉고 말았다. 두 번 다시 시도해볼 엄두가 나지 않았다. 두 아이는 2층 바닥에 엎드린 채 시간이 흐르기만 기다릴 수밖에 없었다. 어느 덧 해가 서산으로 뉘엿뉘엿 넘어가고 있었다.

잠시 후 인전 조가 잠에서 깨어났다.

"아니, 망을 보라니까 세상모르고 자고 있군. 자, 일어나. 해가 졌으니 슬슬 여기를 뜨자고. 그런데 여기 놔두었던 그 훔친 물건들은 어떻게 할까?"

"글쎄, 잘 모르겠어요. 그냥 여기 두는 게 낫지 않아요? 650달러나 되는 은화를 들고 다니기도 그렇고. 텍사스로 떠날 때 가져가면 되잖아요."

"그렇게 하지. 하지만 '그 일'을 해치우려면 오래 걸릴지도 몰라. 그러니 안전하게 땅속에 묻어두자고."

"좋아요."

인전 조의 동료는 찬성 의사를 표시한 후 벽난로 앞으로 가더니 그 뒤에 숨겨두었던 헝겊으로 된 주머니를 꺼내어 조에게 넘겨주었다. 조는 방구석에 쪼그리고 앉아 땅을 파기 시작했다.

그 순간 두 아이는 두려움이고 뭐고 싹 잊고 말았다. 둘은 기쁨으로 눈을 빛내며 인전 조의 움직임을 주시했다. 오! 이런 행운이! 상상도 할 수 없었던 행운이! 650달러라면 동네 아이들 대여섯 명을 부자로 만들어줄 수 있는 돈이 아닌가! 어디를 파보아야 할지 골치 아프게 머리를 굴릴 필요도 없으니 이렇게 기막힌 보물찾기가 어디 있단 말인가! 톰과 헉은 서로 옆구리를 쿡쿡 찔렀다. '여기 오길 정말 잘했지?'라는 뜻을 둘은 교환한 셈이었다.

그때였다. 땅을 파던 조의 칼끝이 무언가에 부딪쳤다.

"어, 이게 뭐야?"

"뭔데 그래요?"

"반쯤 썩은 널빤지 같은데. 아냐, 상자로군. 좀 도와줄래? 뭐가 들었는지 봐야겠어. 아냐, 됐어. 구멍을 뚫었어."

조는 한 손을 구멍에 집어넣더니 동전들을 꺼냈다.

"어럽쇼! 이거 돈이잖아!"

조는 동전들을 한 움큼 가득 손에 쥐고 바라보며 외쳤다. 금화였다. 위에서 내려다보던 두 아이도 덩달아 신이 났다.

조의 동료가 말했다.

"일을 마저 끝내지요. 벽난로 반대쪽 구석에 녹슨 곡괭이가 하나 있더군요. 좀 전에 봤어요."

그는 아이들의 곡괭이와 삽을 가지고 왔다. 인전 조는 곡괭이를 바라보며 고개를 갸우뚱했다. 이어서 그는 뭐라고 혼잣말을 하며 땅을 파기 시작했다. 곧 상자가 나타났다. 두 사내는 황홀경에 빠져 말없이 보물을 바라보았다.

"거참, 수천 달러가 넘겠어." 인전 조가 말했다.

"어느 해인가 해적 뮤럴 일당이 이 근처에 나타나곤 했다는 소문이 있더니."

"그래, 그놈들 돈일 거야."

그러자 젊은 사내가 말했다.

"횡재도 했겠다, '그 일'은 이제 그만두지요."

인전 조가 얼굴을 찌푸리며 말했다.

"자넨 아직 나를 모르는군. 내가 돈이 필요해서 '그 일'을 하려는 줄 알아? '그 일'은 도둑질이 아니야. 그건 '복수'라고!"

"알았어요. 한데 이 돈은 어떻게 하지요? 다시 여기다 묻나요?"

아이들은 긴장해서 귀를 기울였다.

"그렇게 하지. (두 아이들이 뛸 듯이 기뻐했음은 물론이다.) 아냐, 절대로 안 돼. (두 아이는 크게 실망했다.) 저 곡괭이를 봐. 새 흙이 묻어 있잖아. 누가 이곳에 방금 갖다 놓은 게 틀림없어. 그놈들이 다시 들어올 게 뻔해. 내 거처로 가지고 가자고."

"그래야겠네요. 그럼 1호로 갈까요?"

"아니, 2호로 가지. 십자가 밑에 말이야. 거기라야 남들 눈에 띄지 않을 거야."

"알았어요. 이제 슬슬 출발하기로 하지요. 날이 꽤 어두워졌어요."

인전 조는 벌떡 일어나 창문을 통해 밖을 살펴보더니 중얼거렸다.

"도대체 누가 이곳에 곡괭이와 삽을 갖다놓았을까? 혹시 그놈들이 지금 2층에 숨어 있는 건 아닐까?"

두 아이는 숨이 멎는 것 같았다. 인전 조는 칼을 손에 쥐고 잠시 망설이더니 2층으로 향하는 계단에 발을 올려놓았다. 이어서 삐걱거리며 계단을 올라오는 소리가 들렸다. 두 아이는 벽장에라도 숨을까 생각했지만 온몸에 힘이 빠져 꼼짝할 수도 없었다. 절체절명의 순간이었다. 젖 먹던 힘을 다 내서라도 벽장 속으로 뛰어드는 수밖에 없었다. 아이들이 벽장 속으로 막 뛰어들려는 순간 썩은 목재가 우지끈 부서지는 소리가 나더니 인전 조가 계단 파편들과 함께 바닥으로 굴러 떨어졌다. 그가 사나운 욕설을 내뱉으며 몸을 일으키자 젊은 사내가 말했다.

"그래 봤자 무슨 소용이 있어요? 혹시 2층에 누가 있더라도 그냥 내버려둡시다. 상관할 거 뭐 있어요? 좀 있으면 깜깜해질 거요. 서둘러야 해요. 놈들이 우리를 봤더라도 유령으로 알겠지, 뭐."

조는 잠시 투덜거렸지만 날이 더 어두워지기 전에 출발하는 것이 낫겠다고 생각하고는 상자를 들고 '유령의 집'을 나섰다.

두 아이는 집으로 돌아오면서 잔뜩 화가 나 있었다. 남들이 아니라 바로 자기 스스로를 향해서였다. 둘은 똑같은 생각을 하고 있었다.

'바보같이 곡괭이를 눈에 띄는 데 놔두다니. 그러지만 않았어도 인전 조가 금화와 은화를 거기 묻어 두었을 텐데.'

두 아이는 스페인 사람 복장을 한 인전 조가 복수할 기회를 노리기 위해 마을에 나타나면 그 뒤를 밟아 '2호'가 어딘지 알아내자고 다짐했다. 바로 그 순간, 톰의 가슴이 철렁 내려앉았다.

"가만, 복수라고? 헉, 그게 우리들 이야기라면?"

"톰, 제발 그런 소리 하지 마!" 헉은 거의 까무러칠 지경이 되어 외쳤다.

그들은 그 문제에 대해 진지하게 토론한 결과 복수의 대상이 자기들 외에 딴 사람이라고 믿기로 결론 내렸다. 또한 최악의 경우라도 그 복수 대상은 그들 둘 다가 아니라 톰뿐일 것이라고 결론 내렸다. 헉은 재판에서 증인으로 나서지 않았으니 말이다.

그 마지막 결론에 헉은 안심했는지 몰라도 톰은 더욱 우울해졌다. 톰은 생각했다.

'아, 동지라도 있으면 한결 위안이 되련만!'

제23장 2호

그날 밤 톰은 너무나 아쉬운 꿈에 시달렸다. 네 번이나 보물을 손에 넣었다가 잠에서 깨는 바람에 네 번이나 보물이 손에서 빠져나갔던 것이다. 이른 아침에 침대에 누워 어제 일을 되새겨보니 이상하게도 모든 일이 아득하게만 여겨졌다. 마치 다른 세상에서 벌어진 일이거나 까마득한 옛날에 벌어진 일만 같았다. 급기야는 그 멋진 모험이 마치 한바탕 꿈이었던 것처럼 여겨지는 것이 아닌가! 그럴 만한 이유가 충분했다. 그가 목격한 은화와 금화의 양이 너무 어마어마했던 것이다. 톰은 이제껏 50달러 이상의 은화는 구경한 적이 없었다. 톰 또래의 다른 아이들과 마찬가지로, 수백 달러니 수천 달러니 하는 말들은 그저 멋들어진 표현일 뿐 그런 엄청난 돈은 이 세상에 존재

하지 않는다고 톰은 믿고 있었다. 그가 꿈꾸었던 보물이라야 10센트짜리 동전 한 움큼이거나 1달러짜리 지폐 한 묶음 정도였다.

하지만 곰곰 생각하면 할수록 어제 겪은 일들이 생생하게 되살아났다. 톰은 결코 꿈이 아니라는 쪽으로 점차 생각이 기울기 시작했다. 그는 그 사실을 빨리 확인하고 싶어 아침을 먹는 둥 마는 둥 하고 서둘러 헉을 찾아 나섰다.

헉을 만난 톰은 어제 일을 먼저 이야기하지 않기로 마음먹었다. 만약 헉이 먼저 그 이야기를 꺼내지 않는다면 자기가 한낱 꿈을 꾼 데 불과한 것으로 판명날 것이다. 그런데 헉이 먼저 말을 꺼냈다.

"톰, 우리가 그 연장을 고목나무 밑에 그대로 두었다면 그 보물들은 우리 차지가 되었을 텐데……."

톰은 속으로 무릎을 쳤다.

"그래, 꿈이 아니었어!"

"무슨 소리니?"

"난 그게 꼭 꿈같았거든. 헉, 우리 그놈을 찾자. 그래서 그 돈을 차지하는 거야. '2호'를 찾아내면 돼."

"그래, 2호라고 그랬지. 톰, 그게 뭐일 것 같니?"

"모르겠어. 너무 어려워. 헉, 혹시 집 주소가 아닐까?"

"그래, 맞다! 아냐! 집 주소가 맞더라도 이 동네는 아냐. 이 거지 같은 동네에 주소가 어디 있니?"

"그렇구나. 그렇다면, 맞아! 방 번호야. 여관 방 번호!"

"그래, 맞아! 이 동네에 여관은 둘밖에 없으니 당장 찾아볼 수 있어."

둘은 당장 두 여관으로 가서 정탐을 해보았다. 좀 더 좋은 여관 '2호실'에는 오래전부터 변호사가 묵고 있었다. 그보다 격이 낮은 여관 '2호실'은 수상쩍은 데가 있었다. 여관집 주인의 어린 아들 말에 의하면 방은 언제나 잠겨 있었고 밤에만 사람들이 드나든다는 것이었다. 주인의 어린 아들은 그냥 그 방이 '귀신이 나오는 방'이라고 생각하는 선에서 궁금증을 해결하고 있는 모양이었다. 그런데 그 어린 아들의 입에서 지난밤 그 방에 불이 켜지지 않았다는 이야기를 듣고 톰과 헉은 '2호'라는 수수께끼 장소는 바로 그곳이라고 결론 내렸다.

톰은 오랫동안 생각에 잠겼다가 헉에게 말했다.

"들어봐. 그 2호실 뒷문은 여관과 벽돌 가게 사이에 난 좁은 골목으로 이어지게 되어 있어. 네가 구할 수 있는 열쇠란 열쇠는 다 갖고 와. 나도 이모 열쇠들을 슬쩍할 테니까. 그걸 갖고 가서 달이 뜨지 않은 캄캄한 날 문을 열어보는 거야. 내가 문을 열어보는 동안 너는 조가 나타나는지 감시해야 해. 복수하러 마을에 한 번 더 들르겠다고 했잖아."

헉은 인전 조와 마주칠지도 모를 위험한 임무를 맡은 게 마음에 걸렸지만 마지못해 그러자고 승낙했다.

그날 밤, 톰과 헉은 모험 준비를 단단히 갖추었다. 한 사람은 여관 문을 주시하고 한 사람은 여관 주변을 9시가 넘도록 맴돌았다. 뒷골목을 드나드는 사람은 아무도 없었고 스페인인 복장의 사람도 보이지 않았다. 게다가 달이 너무나 밝아서 모험을 하기에 적절치 않았다.

화요일, 수요일도 마찬가지였다. 하지만 목요일 밤에는 가능성이 있어보였다. 톰은 이모의 낡은 양철 호롱불과 그것을 덮어 가릴 커다란 수건을 들고 일찌감치 집을 빠져나왔다. 톰은 양철 호롱불을 헉이 잠을 자는 곳에 두고 망을 보기 시작했다. 11시쯤 되자 마을 집들의 불이 모두 꺼졌다. 그때까지도 스페인 사람은 보이지 않았다. 이윽고 어둠이 깔렸고 간간이 들려오는 천둥소리만이 적막을 깰 뿐이었다.

톰은 감추어두었던 호롱불을 꺼내 불을 붙인 다음, 큰 수건으로 단단히 감쌌다. 두 모험가는 발소리를 죽인 채 여관을 향하여 발길을 옮겼다. 계획대로 헉은 망을 보았고 톰은 뒷골목 안으로 더듬어 들어갔다.

망을 보고 있는 헉은 불안해서 미칠 것 같았다. 지금이라도 인전 조가 나타날까봐 두렵기도 했고, 혹시 톰이 죽어버린 것은 아닌지 너무 불안했다. 심장이 금방이라도 멈출 것만 같았다. 바로 그때였다. 불빛이 번쩍하더니 톰이 옆으로 쏜살같이 뛰어가며 소리쳤다.

"어서 튀어! 죽어라 뛰란 말이야!"

톰이 두 번 되풀이할 필요도 없었다. 튀라는 첫 번째 말이 떨어지기가 무섭게 헉은 시속 50킬로미터가 넘게 달리고 있었던 것이다. 아이들은 마을 외곽의 폐허가 된 헛간에 닿을 때까지 한 번도 쉬지 않고 달렸다. 그들이 헛간 안으로 들어가자 폭우가 쏟아지기 시작했다. 겨우 숨을 가누게 된 톰이 말했다.

"헉! 정말 무서웠어! 두 번째 열쇠를 꽂아 넣었을 때 달그락 소리가 어찌나 크게 들리는지 숨이 멎는 것 같았어. 열쇠가 맞지 않았던 거야. 그런데 엉겁결에 문을 미니까 그대로 열리는 거야! 방문이 잠겨 있지 않았던 거지. 방으로 살그머니 들어가서 등불에 싼 수건을 벗겨냈지. 그런데, 오 맙소사!"

"왜? 뭐가 있었던 거야?"

"헉, 하마터면 인전 조의 손을 밟을 뻔했어."

"설마!"

"정말이야! 조가 거기 누워 있었어. 방바닥에 널브러져 세상 모르고 잠들어 있는 거야. 술에 취해 곯아 떨어져 있는 것 같았어. 난 수건을 집어 들고 정신없이 도망친 거야."

"나 같으면 수건 따위는 생각도 안 하고 도망쳤을 거다."

"난 달라. 그걸 잃어버리면 이모에게 혼날 거거든."

"그런데, 톰. 돈 상자는 못 봤니?"

"상자고 뭐고 둘러볼 경황이 어디 있어! 암튼 십자가도, 상자도 없었던 것 같아. 얼핏 술병들과 양철 컵들만 봤을 뿐이야. 금주(禁酒) 여관에 위스키 유령이 출몰하는 방이 하나씩 있다고 하더니 거기가 그런 방인가 봐. 어쨌든 헉, 인전 조가 그 방에 없다는 걸 확인하기 전에는 다시 나서지 않기로 하자. 그놈이 밖으로 나가는 걸 보자마자 잽싸게 그 방에 들어가서 찾아보는 거야. 넌 계속 망을 보라고."

"그래, 밤마다 망을 볼게. 그리고 무슨 일이 생기면 네게 달려가서 야옹 소리를 낼게."

제24장 소풍

금요일 아침 톰은 반가운 소식을 들었다. 새처 판사네 가족이 지난밤에 돌아왔다는 것이었다. 그러자 인전 조와 보물 이야기는 뒷전으로 밀려나고 톰의 머리는 온통 베키 생각으로 가득 찼다. 톰은 거의 하루 종일 베키 및 다른 친구들과 숨바꼭질 등의 놀이를 하며 즐겁게 지냈다.

그날은 특히 즐거운 날이었다. 베키가 친구들과 소풍을 가고 싶다며 어머니를 졸라 허락을 얻어낸 것이다. 베키는 이루 말할 수 없이 기뻤고 톰도 무척이나 기뻤다. 베키는 해가 지기 전에 친구들에게 초청장을 보냈고 초청을 받은 친구들은 모두 들뜬 채로 소풍 준비에 바빴다. 톰은 오늘 밤이라도 헉이 고양이 신호를 보내 보물을 찾을 수 있다면 소풍 나온 친구들을 깜짝 놀라게 해줄 수 있으리라는 기대를 품고 밤늦게까지 잠을 이루지 못했다. 하지만 톰의 희망은 깨졌다. 그날 밤 아무 신호도 없었던 것이다.

이윽고 아침이 밝았다. 10시가 넘은 시각, 잔뜩 마음이 들뜬 아이들이 새처 판사 집 앞에 모여 왁자지껄 떠들고 있었다. 이제 소풍을 떠날 준비가 다 되어 있었다. 이런 소풍에는 어른들이 따라가지 않는 것이 관례로 되어 있었기에 아이들은 더 즐거웠다. 18살 정도의 여자애들과 스무 살 가까운 청년들도 함께 가니 안전할 것으로 부모들은 생각하고 있었다. 소풍을 떠나기 위해 낡은 증기선 한 척도 이미 빌려 놓았다. 신이 난 아이들은 도시락 바구니를 들고 동네 거리를 따라 즐거운 발걸음으로 걸어갔다. 시드는 몸이 아파 함께 하지 못했고 메리도 시드를 간호하느라 집에 머물러 있었다.

새처 부인이 베키에게 마지막으로 주의를 주었다.

"얘, 베키야, 너무 늦게 도착하면 선착장 근처에 있는 친구 집에서 자도록 해라."

"만일 그렇게 되면 수지 하퍼네 집에서 잘게요, 엄마."

수지 하퍼는 조 하퍼의 누이동생이었다.

"그래, 그게 좋겠다. 말썽 부리지 말고 얌전히 놀아."

증기선은 마을 아래쪽으로 5킬로미터 정도 떨어진 숲 근처 포구에 정박했다. 아이들이 배에서 내리자마자 아이들 재잘거리는 소리, 깔깔거리는 소리가 절벽에 메아리쳤다. 오전에 신나게 놀고 난 뒤 점심을 먹고 그늘에서 쉬고 있을 때였다. 누군가가 큰 소리로 외쳤다.

"우리 모두 동굴에 들어가보자!"

그러자 모두들 그러자고 나섰다. 아이들은 동굴 입구에서 켤 양초를 준비하고 일제히 언덕 위로 뛰어 올라갔다. 마치 A 글자처럼 생긴 동굴 입구는 언덕 중턱에 있었다. 이 맥두걸 동굴은 꾸불꾸불한 통로가 서로 만났다가 갈라지면서 어디가 끝인지 모르게 뻗어 있는 거대한 미로였다. 사람들은 얽히고설킨 미로를 몇 날 동안 헤매더라도 그 끝을 찾을 수 없다고 했다. 동네 젊은이 몇몇이 이 동굴에 대해 잘 알고 있다는 이야기만 떠돌 뿐 아무도 이 동굴에 대해 정확히 아는 사람은 없었다. 하지만 실은 그 젊은이들도 일부만 알고 있을 뿐이었다. 따라서 누구든 자기가 익히 알고 있는 곳 이상은 절대로 들어가지 않으려 했다. 톰 소여도 그저 남들이 알고 있는 정도만 알고 있을 뿐이었다.

촛불을 들고 한참 동안 신나게 동굴을 탐사한 아이들은 머리부터 발끝까지 촛농과 진흙 범벅이 된 채 숨을 헐떡거리며 밖으로 나왔다. 동굴 안에서 남의 촛불을 빼앗기도 하고 달리기도 하고 장난도 치면서 즐겁게 놀았던 것이다. 시간이 어느 정도 흘렀는지 모르고 있던 아이들은 어느새 해가 저물고 있는 것을 보고 깜짝 놀랐다. 벌써 30분 전부터 증기선이 종을 치며 아이들을 부르고 있었던 것이다. 아이들은 곧 배에 올랐고 배는 강 한가운데로 나아갔다.

증기선이 불빛을 반짝이며 부둣가를 지나갈 그즈음 헉은 망을 보고 있었다. 배 갑판 위에서는 아무 소리도 들리지 않았다. 녹초가 된 아이들이 기진해 있던 때문이었다. 헉은 배를 무심코 바라보다가 다시 본연의 임무에 충실하기 시작했다.

10시가 되자 불빛이 하나둘 꺼지고 행인들도 자취를 감추었다. 하늘에는 구름이 잔뜩 끼어 있었다. 곧이어 온 마을이 잠들었으며 깨어 있는 것은 적막한 가운데 유령과 함께 홀로 망을 보고 있는 어린아이뿐이었다. 이제 사방은 칠흑처럼 어두워졌다.

순간 무슨 소리가 들렸다. 헉은 아연 긴장했다. 뒷길로 통하는 여관 문이 조용히 닫히는 소리였다. 헉은 벽돌 가게 모퉁이로 얼른 몸을 숨겼다. 다음 순간 두 사내가 헉의 옆을 스치고 지나갔다. 한 사람은 겨드랑이에 뭔가를 끼고 있었다.

'그래, 보물 상자야! 저걸 어디 딴 데로 옮기는 거야.'

헉은 톰을 부르러 갔다가는 영영 보물을 잃고 말 것이라는 생각에 맨발로 고양이처럼 살금살금 두 사람의 뒤를 따르기 시작했다.

두 사내는 강가의 큰길을 따라 세 블록 올라가더니 네거리에서 왼쪽으로 꺾었다. 그런 후 카디프 힐이 나타날 때까지 곧장 앞으로 걸어갔다. 그들은 언덕 중턱에 있는 존스 노인의 집을 지나쳐 계속 걸었다. 헉은 놈들이 보물을 채석장에 묻으러 가는 것이라고 생각했다. 하지만 놈들은 채석장도 지나쳐 언덕 정상까지 올라갔다. 이어서 그들은 키 큰 옻나무 덤불 사이로 난 샛길로 모습을 감추었다. 헉은 덤불 속에서는 놈들에게 들키지 않으리라 생각하고 가깝게 따라붙었다. 덤불 속으로 들어갔지만 놈들의 모습이 보이지 않았다. 가만히 귀를 기울였지만 들리는 소리라고는 불길한 부엉이 울음소리뿐이었다.

헉은 놈들을 놓쳤다고 생각하고 이제 다 틀렸다며 뛰어나가려 했다. 순간 바로 코앞에서 남자의 헛기침소리가 들렸다. 헉은 어찌나 놀랐던지 심장이 목구멍을 통해 튀어나올 것만 같았다. 헉은 학질에 걸린 사람처럼 온몸을 사시나무 떨 듯 떨며 간신히 서 있었다. 헉은 자기가 서 있는 곳이 어디인지 잘 알고 있었다. 더글러스 아줌마 집 울타리에서 불과 다섯 걸음도 떨어지지 않은 곳이었다.

'오, 여기다 묻으려고? 정말 잘됐네.' 헉은 생각했다. '어디 묻어보라지. 그걸 찾는 건 식은 죽 먹기니까.'

그때 인전 조의 나지막한 목소리가 들려왔다.

"빌어먹을! 누군가 함께 있는 모양이로군! 이렇게 늦은 밤에 불이 켜져 있다니."

"아무것도 보이지 않는데요." 전에 유령의 집에서 본 사내의 목소리였다.

헉의 가슴에 서늘한 게 지나갔다.

'맙소사! '복수'하겠다는 게 바로 이거였구나!'

처음에 헉은 살그머니 도망치려 했다. 순간 더글러스 아줌마가 평소에 자신에게 친절하게 대해주던 것이 생각났다.

'어쩌면 저놈이 부인을 죽이려는 건지 몰라.'

헉은 어떻게든 부인에게 이 사실을 알려주고 싶었다. 하지만 위험을 무릅쓸 용기가 없었다. 그리고 어쩌면 놈에게 잡혀 죽을지도 모를 일이었다. 그때 둘이 주고받는 말이 들려왔다.

"자, 이리 와서 봐. 자네 앞의 덤불 때문에 안 보이는 거야. 어때, 보이지?"

"그렇네요. 누군가 있는 것 같아요. 그러니 그만두는 게 낫겠어요."

"포기하고 이 마을을 영원히 떠나라고? 난 그렇게 못 해! 지금 포기하면 영영 기회가 없을지도 몰라. 전에도 말했지만 난 저 여자 돈 따위엔 관심도 없어. 돈은 자네가 가져도 좋아. 저 여자 남편이 내게 정말 못되게 굴었거든. 치안판사로 있으면서 나를 한두 번도 아니고 수없이 유치장에 처넣었어. 그뿐인 줄 알아! 말채찍으로 나를 마구 때리기도 했다고! 나한테 그렇게 못되게 굴더니만 뒈져버렸지. 그러니 그놈 여편네한테 분풀이를 할 수밖에!"

"그렇다고 죽이지는 말아요. 살인은 안 돼요."

"안 죽여! 그놈이 살아 있었다면 죽이겠지만 그놈 여편네는 안 죽여. 그냥 얼굴을 갈아버릴 거야. 콧구멍을 찢어놓는 거지! 귀때기를 암퇘지처럼 찢어놓는 거야. 그리고 침대에 꽁꽁 묶어놓을 거야. 그러니 자네가 좀 거들어야겠어. 그래서 여기까지 데려온 거라고. 암튼 불이 꺼질 때까지 좀 기다리자고."

헉은 숨을 죽인 채 살금살금 뒷걸음질을 쳤다. 그때 나뭇가지 하나가 발에 밟혀 뚝 부러지는 소리를 냈다. 헉은 숨을 멈추고 귀를 기울였다. 하지만 아무 소리도 들리지 않았다. 헉은 옻나무 덤불 샛길을 지나 채석장까지 이르자 겨우 안심할 수 있었다. 그곳에서부터 헉은 나는 듯 달리기 시작했다. 헉은 존스 노인의 집 앞에 도착하자 정신없이 문을 두드렸다. 곧이어 노인과 건장한 두 아들이 창밖으로 고개를 내밀었다.

"누구냐? 이 밤중에 대체 누가 문을 두드리는 거냐?"

"허클베리 핀이에요! 빨리 문 좀 열어주세요."

"허클베리 핀? 맞구나. 사람들이 그다지 반가워하는 친구는 아니로군. 하지만 얘들아, 저 애를 들여보내라. 무슨 일인지 들어나보자."

"절대로 제가 말했다고는 하지 마세요." 헉은 뛰어 들어오면서 그 말부터 했다. "제발 약속해주세요. 안 그러면 저는 틀림없이 죽을 거예요. 더글러스 아줌마는 제게 잘해주셨어요. 그래서 이렇게 알리러 온 거예요. 절대 아무한테도 말하지 않겠다고 약속해주세요. 그러면 말해드릴게요."

"맙소사! 뭔가 중요한 이야깃거리가 있는 모양이로구나. 자, 어서 말해보렴. 여기 있는 사람들은 다 입이 무겁다."

헉의 이야기가 끝나기 무섭게 노인과 두 아들은 총을 들고 언덕길을 달려 올라갔다. 헉은 옻나무 샛길이 나올 때까지만 따라갔다. 헉은 커다란 바위 뒤에 몸을 숨겼다. 잠시 숨 막히는 듯한 정적이 흘렀다. 순간 갑자기 총소리와 함께 고함 소리가 들렸다. 헉은 그 자리에 그대로 있을 용기가 없었다. 헉은 벌떡 일어나더니 언덕을 향해 걸음아 날 살려라, 맹렬히 뛰어 내려갔다.

제25장 헉의 진술

일요일인 이튿날 아침 먼동이 트기가 무섭게 헉은 언덕 중턱의 존스 노인의 집을 찾아갔다. 헉이 문을 두드리자 안에서 누구냐고 물었다.

“헉 핀이에요. 어서 문을 열어주세요.”

“오, 헉이냐? 너라면 언제라도 환영이지. 자, 어서 들어오너라.”

떠돌이 아이의 귀로는 결코 들어본 적이 없는 너무나 다정한 말이었다. 자기보고 어서 들어오라고 말한 사람은 이제까지 아무도 없었다. 문이 열리자 헉은 안으로 들어갔다.

존스 노인이 환하게 웃는 얼굴로 헉을 맞으며 말했다.

“얘야, 네가 배가 고팠으면 좋겠구나. 곧 아침 준비가 될 테니 같이 들도록 하자. 우린 네가 어제 들를 줄 알았다.”

"너무 무서웠어요. 그래서 총소리가 나자마자 막 도망갔어요. 어제 일이 어떻게 되었는지 궁금해서 온 거예요."

"놈들을 해치우지 못했단다. 내가 권총을 들고 앞장섰었는데 옻나무 덤불을 지나다가 그만 재채기가 나오고 말았어. 그 소리에 놈들이 놀라서 길 밖으로 뛰쳐나간 거지. 우리가 총을 쐈지만 아무도 못 맞혔고, 놈들도 우리에게 총을 쐈지만 다 빗나가고 말았어. 이제 날이 밝으면 수색대원들이 숲을 샅샅이 뒤질 거다. 그놈들 인상착의라도 알면 좋으련만……. 헉, 너도 한밤중이라 제대로 보지 못했겠지?"

"아뇨, 마을에서 똑바로 보았어요. 거기부터 뒤를 따라간 거예요."

"야, 잘 되었구나. 어서 어떻게 생긴 놈들인지 말해봐라."

"한 사람은 귀머거리에 벙어리인 스페인 사람이에요. 마을에 한두 번 나타난 적이 있어요. 또 한 사람은 누더기를 입고……."

"그래, 그만 하면 알겠다. 우리도 그놈들을 잘 알고 있어. 언젠가 더글러스 부인 집 뒤에서 마주친 적이 있어. 슬금슬금 눈치를 보는 게 수상하더니." 이어서 노인은 아들들에게 말했다. "얘들아, 어서 가서 보안관에게 알려줘라. 그게 아침밥보다 급한 일인 것 같다."

노인의 아들들이 떠날 준비를 하자 헉이 그들에게 말했다.

"제발, 아무에게도 제가 일러바쳤다는 말은 하지 말아주세요. 제발 부탁이에요."

"정 부탁이라면 그렇게 하지. 하지만 네가 한 일은 칭찬받을 일인데……."

"아, 안 돼요! 제발 아무 말도 하지 말아주세요!"

두 젊은이가 떠나고 나자 존스 노인이 헉에게 말했다.

"걱정하지 말거라. 입이 무거운 애들이니까. 그런데 왜 네가 한 일을 알리지 말라는 거냐?"

"그중 한 놈이 저를 죽일지도 몰라서 겁이 나서 그래요."

"그게 누군데? 왜 그렇게 겁을 내는 거니? 그리고 왜 그들 뒤를 쫓아가게 된 거니?"

헉은 하는 수 없이 벙어리에 귀머거리인 스페인 사람이 바로 인전 조라고 밝힐 수밖에 없었다. 그리고 밤에 잠이 안 와서 거리를 어슬렁거리다가 그들을 발견하고 뭔가 수상해서 뒤를 밟게 되었다고 둘러댔다.

하지만 보물 이야기를 숨기려니 앞뒤가 안 맞기도 했고 때로는 더듬거리기도 했다. 존스 노인도 뭔가 이상한 낌새를 눈치챘지만 더 이상 캐묻지 않았다. 노인은 대화 끝에 헉에게 그곳을 아들들과 샅샅이 뒤진 결과 커다란 보따리를 하나 주웠다고 말했다.

"그 보따리에 뭐가 있었어요?" 노인의 말이 떨어지기가 무섭게 헉은 번갯불보다 빠르게 물었다. 헉은 초조하게 노인의 대답을 기다렸고 노인은 '얘가 왜 이러나?' 하는 표정으로 헉을 바라보며 대답했다.

"놈들의 연장이 들어 있었어."

그러자 헉은 천만다행이라는 표정으로 털썩 의자에 주저앉았다. 헉은 순간 생각했다.

'그래, 그 보따리에는 보물이 없었어. 그렇다면 아직 금주여관 2호실에 있는 게 틀림없어.'

만사가 제대로 풀리는 것 같았다. 놈들이 체포되어 유치장에 들어가면 톰과 둘이 그곳에 가서 보물을 끄집어내는 것은 식은 죽 먹기였다.

노인과 헉이 아침 식사를 끝냈을 때였다. 문 두드리는 소리가 났다. 존스 노인이 문을 열러 나간 사이, 이 사건과 더 이상 연관되는 것을 원치 않던 헉은 재빨리 보이지 않는 곳으로 몸을 숨겼다.

곧이어 존스 노인이 부인들과 신사들 몇 명을 안으로 맞아들였다. 그중에는 더글러스 부인도 있었다. 밖을 내다보니 마을 사람들이 떼 지어 언덕을 올라오는 모습이 보였다. 이미 소문이 퍼진 모양이었다.

더글러스 부인은 존스 노인에게 자신의 목숨을 구해주셔서 정말 감사하다고 말했다. 그러자 존스 노인이 말했다.

"감사해야 할 사람은 따로 있지요. 하지만 본인이 이름을 밝히지 말라고 해서……."

이어서 노인은 헉의 이름만 빼놓고 어제 일어난 일에 대해 자세히 설명했다. 노인이 끝내 부인의 목숨을 구해준 장본인의 이름을 밝히지 않자 사람들의 궁금증은 더욱 커졌을 뿐이었다.

사람들은 계속 찾아왔고, 노인은 그때마다 이야기를 반복해서 들려주었다.

이제 우리의 눈길을 마을로 돌려보기로 하자.

방학이라 주일학교 수업도 없었지만 이른 아침부터 사람들이 교회로 몰려들었다. 이 놀라운 사건 소식이 온 마을에 퍼졌기 때문이다. 두 악당의 소재는 아직 오리무중이라는 소식이었다. 예배가 끝나자 새처 부인은 다른 사람들과 함께 교회 복도를 걸어가고 있는 하퍼 부인을 발견하고 다가가서 말했다.

"우리 베키가 늦게까지 잠을 자나보지요? 무척 고단하긴 할 거예요."

"우리 베키라니요?"

새처 부인이 놀라서 되물었다.

"아니, 우리 베키가 어제 그 댁에서 자지 않았나요?"

"어머나, 아닌데요."

새처 부인은 얼굴이 해쓱해지며 그 자리에 털썩 주저앉았다. 바로 그때 폴리 이모가 사람들과 함께 그 곁을 지나가다가 말했다.

"두 분 안녕하세요? 그런데 우리 아이가 아직 집에 돌아오지 않았어요. 지난밤에 두 분 중 한 분 댁에서 잔 것 같은데요. 자기가 한 짓이 겁나서 아직 나타나지 않고 있는 것 같아요. 이 녀석을 만나면 야단 좀 쳐줘야지."

새처 부인이 힘없이 고개를 저었다. 안색이 전보다 더 질려 있었다.

"우리 집에서 자지 않았는데요." 낌새가 이상한 걸 눈치챈 하퍼 부인이 불안한 목소리로 말했다. 폴리 이모의 얼굴에도 걱정의 빛이 나타났다.

새처 부인과 폴리 이모가 조 하퍼와 아이들에게 물어도 아무도 톰과 베키의 행방을 아는 아이는 없었다. 아이들은 날이 이미 어두워져 증기선 안에서 누가 타지 않은 사람이 없는지 살펴보지 않았다고 했다. 그러자 함께 소풍을 갔던 청년 한 명이 어쩌면 둘이 아직 동굴 안에 있을지도 모르겠다고 조심스럽게 말했다. 그 말에 새처 부인은 그 자리에서 정신을 잃었고, 폴리 이모는 울음을 터뜨렸다.

이 소문은 5분도 채 되지 않아 온 마을에 퍼졌고 곧이어 비상사태를 알리는 교회 종이 요란하게 울렸다. 온 마을이 발칵 뒤집혔다. 카디프 힐 사건은 뒷전으로 밀려났고 강도들도 잊혀졌다. 수색대원들이 말 위에 안장을 얹고 서둘러 출동 준비를 했으며 작은 배들과 증기선도 출항 준비를 하라는 명령이 떨어졌다. 아이들 실종 소식이 알려진 지 30분도 채 되지 않아 200명이나 되는 사람들이 일부는 큰길을 따라, 일부는 배를 타고 동굴로 달려갔다.

많은 부인들이 폴리 이모와 새처 부인을 찾아가 위로했다. 부인들은 가족들과 함께 눈물을 흘렸으며 그 눈물이 천 마디 말보다 더 큰 위로가 되었다. 하지만 오후가 지나고 밤이 될 때까지 반가운 소식은 들려오지 않았다.

수색대에 끼었던 존스 노인은 온몸에 촛농과 진흙을 뒤집어

쓴 채 밤이 되어서야 집으로 돌아왔다. 모두들 그렇게 소동에 휩싸여 있을 때 혁은 침대 위에 누운 채 열에 들떠 헛소리를 하고 있었다. 마을 의사들도 모두 수색에 나섰기에 더글러스 부인이 간호를 해주었다.

이른 아침 수색대원 일부가 돌아왔다. 그들은 아직 힘이 남은 사람들이 동굴 수색을 계속하고 있다고 했다. 소득이 있었다면 사람들이 흔히 다니는 곳으로부터 제법 멀리 떨어진 곳 바위 위에 촛불로 그을려서 쓴 '베키와 톰'이라는 글자를 발견했다는 것과, 그 근처에서 촛농으로 더럽혀진 리본을 발견했다는 것이었다. 새처 부인은 베키의 리본을 알아보고는 대성통곡했다. 새처 부인은 그 리본이 베키가 남긴 유품이라는 말을 한 후 또다시 혼절했다.

그렇게 지루한 사흘 밤낮이 지나갔다. 마을 사람들은 이제 희망을 잃고 망연자실해 있었다. 이제 마을에서 그들의 마음을 빼앗을 만한 일은 아무것도 없었다. 금주여관 주인이 건물 안에 감춰 두었던 술이 우연히 발각된 엄청난 사건이 벌어졌지만 마을 사람들은 그저 시큰둥할 뿐이었다.

고열에 시달리다가 겨우 잠시 정신이 든 혁은 정신이 들자마자 옆에서 간호해주고 있는 더글러스 부인에게 황급히 물었다.

“저기, 제가 아파서 누워 있는 동안에 금주여관에서 사람들이 뭐 발견한 것 없나요?”

더글러스 부인은 이 아이가 어떻게 그런 걸 알고 있는지 신통하다고 생각하며 대답했다.

“있었단다.”

헉이 눈이 휘둥그레지면서 벌떡 일어나 앉았다.

“뭔데요? 그게 뭔데요?”

“술이 나온 거야. 거기선 술을 팔면 안 되는 거 알지? 그 집은 영업 정지로 문을 닫게 되었단다. 얘, 그런데 왜 그렇게 놀라는 거니? 나도 깜짝 놀랐잖니.”

“저, 한 가지만 꼭 말씀해주세요. 딱 하나예요. 그걸 톰 소여가 발견했나요?”

헉의 입에서 톰 소여의 이름이 나오자 부인이 왈칵 울음을 터뜨렸다.

“얘야, 이제 그만해라. 너는 말을 하면 안 돼. 어서 누워라. 넌 지금 너무 아파.”

헉은 생각했다.

‘만일 금화가 나왔다면 온 마을이 야단법석일 텐데. 그렇다면 금화는 영영 사라져버린 셈이네. 그나저나 톰의 이름이 나

오자 아줌마가 왜 울었을까? 정말 이상한 일이네.'

혁은 이런저런 생각에 잠겼다가 그대로 잠이 들었다. 잠든 혁을 바라보며 부인이 혼잣말을 했다.

'불쌍한 녀석, 이제야 잠이 들었구나. 톰이 그걸 찾았느냐고? 아, 누군가 톰을 찾을 수 있다면 얼마나 좋을까! 이제 그 애를 찾을 수 있다는 희망도 거의 없고, 계속 수색에 나설 힘을 가진 사람도 거의 없으니.'

제26장 동굴 속의 톰과 베키

이제 톰과 베키의 소풍 이야기로 되돌아가보기로 하자. 처음에 톰과 베키는 다른 아이들과 함께 동굴 속 아름다운 세상을 구경했다. '응접실'이니 '대성당'이니 '알라딘의 궁전'이니 하는 좀 거창한 이름들이 붙여진 명소들을 구경한 것이다. 그리고 아이들과 술래잡기 놀이도 하고 촛불 빼앗기 놀이도 하면서 즐겁게 놀았다. 하지만 같은 놀이만 반복하다보니 그들은, 아니 좀 더 정확히 말하면 톰이 따분해지기 시작했다. 톰은 아이들 있는 곳을 벗어나 좀 더 아래로 내려갔고 베키는 그 뒤를 따랐다.

둘은 점점 더 아래로 깊이 내려갔다. 수다를 떨면서 내려가느라 사람들이 벽에 촛불 그을음으로 써놓은 글씨가 더 이상 보이지 않는 곳까지 내려갔다는 사실도 의식하지 못하고 있었다. 둘은 머리 위쪽 암벽 위에 자기들 이름을 쓰면서 계속 안쪽으로 걸어 들어갔다.

마침내 아이들은 동굴 안에 신비스러운 폭포가 떨어져 내려오고 시냇물이 졸졸 흐르는 곳에 도착했다. 톰은 베키를 즐겁게 해주고 싶어 폭포 뒤로 들어가 촛불로 폭포를 비추었다. 그런데 톰은 폭포 뒤 바위들 틈에서 폭포에 가려져 보이지 않던 작은 천연 계단을 발견했다. 톰은 단번에 탐험가가 되고 싶다는 야망에 사로잡혔다.

톰이 베키를 부르자 베키가 폭포 뒤로 들어왔다. 둘은 되돌아 나올 때에 대비해서 촛불 그을음으로 표시를 해가면서 탐험에 나섰다. 톰은 밖에 나가면 아이들에게 뽐내며 들려줄만한 이야기를 찾겠다는 생각에 샛길로 들어섰다. 어느 곳에 이르자 아주 널찍한 방이 나왔고 천장에는 어른 다리만한 종유석들이 매달려 빛을 발하고 있었다. 톰과 베키는 감탄하며 실컷 구경한 뒤에 여러 통로 중 하나를 골라 그 방에서 나왔다. 그 통로를 걸은 지 얼마 되지 않아 이번에는 너무나 멋진 샘이 나타났다. 샘의 바닥에서는 수정으로 된 서리꽃들이 찬란한 빛을 내고 있었다. 둘은 그 아름다운 광경에 넋을 잃고 말았다. 사방에

종유석과 석순이 합쳐지면서 만들어진 석주(石柱)들이 위용을 자랑하고 있었다.

그런데 바로 샘이 있는 방 천장에는 박쥐 떼들이 새까맣게 붙어 있었다. 촛불 불빛에 놀란 박쥐들이 촛불을 향해 무섭게 돌진해왔다. 톰은 얼른 베키의 손목을 잡고 제일 먼저 눈에 띄는 통로 속으로 도망갔다. 그중 한 놈이 베키가 들고 있는 촛불에 달려들어 불을 꺼버렸다. 베키는 혼비백산했다. 박쥐들은 꽤 오랫동안 아이들을 따라왔지만 아이들은 닥치는 대로 샛길 여기저기로 접어들면서 박쥐들로부터 벗어날 수 있었다. 조금 더 가자 지하 호수가 나왔고, 둘은 그곳에 앉아 숨을 돌렸다.

그제야 아이들은 그곳에 감돌고 있는 깊은 적막감을 느끼고 불안해지기 시작했다. 베키가 먼저 입을 열었다.

"아무 생각이 없었는데, 벌써 오래전부터 애들 목소리가 들리지 않는 것 같아. 톰, 우리가 너무 오래 있었던 것 같아. 이제 그만 돌아가자."

톰이 선선히 대답했다.

"그래, 돌아가는 게 좋겠다."

"근데, 길을 찾을 수 있겠어? 너무 꼬불꼬불해서 어디가 어딘지 모르겠어."

“찾을 수 있을 것 같긴 한데, 저 박쥐들이 문제야. 놈들이 촛불을 다 꺼버리면 옴짝달싹 못하게 돼. 우리, 다른 길로 가자.”

“그래. 하지만 길을 잃으면 안 돼. 너무 무서워.”

톰과 베키는 통로를 따라 한참을 걸었다. 혹시 아까 온 길이 아닐까 하고 가끔 살펴보았지만 하나같이 낯설기만 했다. 베키는 불안해서 톰을 자주 쳐다보았다. 그때마다 톰은 씩씩하게 말했다.

“걱정 마. 이 길은 아니지만 곧 찾게 될 거야.”

하지만 입으로만 걱정 말라고 큰소리를 쳤지, 속으로는 톰도 자신감을 잃고 있었다. 낌새를 눈치챈 베키가 눈물을 흘렸다.

“톰, 박쥐 같은 거 무서워하지 마. 그 길로 돌아가자. 점점 더 길을 잘못 드는 것 같단 말이야.”

하지만 그곳으로 돌아가는 길을 톰이 알 리 없었다. 톰은 힘껏 고함을 질러보았다. 하지만 고함 소리는 그들을 비웃듯 텅 빈 동굴 아래로 메아리치며 곧 사라져버렸다.

“그러지 마, 톰. 너무 무서워.”

“무섭긴 해도 그게 나아. 아이들이 들을지도 모르잖아.”

톰의 이 ‘모르잖아’라는 말에 베키는 마치 귀신의 웃음소리라도 들은 것처럼 소름이 돋았다. 박쥐가 있는 곳으로 돌아가고 싶어도 그럴 수 없다는 고백을 한 것과 다름없었던 것이다.

"톰, 우리는 길을 잃은 거야! 아, 왜 다른 애들에게서 떨어져 나왔지!"

베키가 땅바닥에 주저앉아 미친 듯 대성통곡하기 시작했다. 톰은 베키 옆에 앉아 베키를 껴안았다. 그리고 베키를 이렇게 절망에 빠뜨린 자신을 저주했다. 그러자 그 말이 효과가 있었다. 베키가 벌떡 일어나더니 톰이 가자는 대로 따라가겠다고 말했다.

두 아이는 자리에서 일어나 닥치는 대로 걷고 또 걸었다. 두 아이가 할 수 있는 일은 오로지 걷는 것뿐이었다. 걸으면서 둘은 다시 희망을 가졌다. 무슨 희망을 가질 만한 조짐이 있어서가 아니었다. 희망이라는 놈은 나이를 먹고 실패에 익숙해져서 탄력을 다 잃어버리게 될 때까지는 언제고 다시 튕겨져 나오는 속성을 갖고 있기 때문이었다.

톰은 베키의 양초를 달라고 해서 불을 껐다. 굳이 그 이유를 물어볼 필요도 없었다. 베키는 그 뜻을 알아채곤 다시 희망을 잃었다. 베키는 톰의 호주머니에 새 양초 하나와 쓰다 남은 양초 서너 개가 더 있다는 것을 알고 있었다. 그런데도 양초를 아껴야만 한다니!

아이들에게 차츰차츰 피로가 몰려왔다. 하지만 아이들은 피곤하다는 생각 자체를 떨쳐버리려 애썼다. 시간이 너무 소중해져서 앉아서 쉰다는 것은 생각만으로도 끔찍했다. 여기건 저기건 어디로든 움직이면 적어도 그만큼은 앞으로 나아간 것이니까 무슨 결실이 있을지도 모른다. 하지만 그냥 주저앉아 있는 것은 그만큼 죽음을 불러들여 명을 재촉하는 일이었다.

얼마를 걸었을까. 베키에게는 더 이상 걸을 힘이 없었다. 베키는 길을 걷다가 그 자리에 털썩 주저앉고 말았다. 베키는 끝내 울음을 터뜨렸고 고단했던지 울음 끝에 스르르 잠이 들었다. 톰은 잠든 베키의 얼굴을 바라보았다. 무슨 좋은 꿈이라도 꾸는지 평온하게 미소 짓고 있었다. 베키의 평온한 얼굴을 보자 톰도 마음이 편해지고 위안이 되는 것 같았다.

이윽고 베키가 잠에서 깨어나자 둘은 손을 잡고 다시 길을 걷기 시작했다. 도대체 이 동굴 안에 얼마나 오래 있었는지 짐작조차 되지 않았다. 며칠, 아니 몇 주일이 된 것만 같았다. 하지만 양초가 아직 남아 있는 것으로 보아 그리 오래된 것 같지는 않았다.

얼마 되지 않아 아이들은 샘물을 발견했다. 이제 베키뿐 아니라 톰도 기진맥진해 있었다. 베키가 배고프다고 하자 톰은 주머니에서 케이크 조각을 꺼냈다. 둘은 케이크를 나눠 먹으며 양초가 서서히 녹아내리는 모습을 바라보았다. 마침내 양초가 꺼져버리고 동굴은 암흑 속에 잠겼다.

베키가, 자신이 톰의 팔에 안겨 울고 있음을 깨닫게 되었을 때, 그동안 시간이 얼마나 흘렀는지 베키도 톰도 알 수 없었다. 둘 다 깊은 혼수상태와도 같은 잠에 빠졌었으며, 다시 잠에서 깨어나 자신들의 불행을 깨닫게 되었다는 사실만이 확실할 뿐이었다.

톰은 베키에게 지금이 일요일, 아니면 벌써 월요일일지도 모른다고 말했다. 하지만 베키는 아무 말도 없이 슬픔에 잠겨 있을 뿐이었다. 톰은 자기들이 없어진 것을 사람들이 알았을 테니 지금쯤 열심히 찾고 있을 거라고 말했다. 톰은 누군가 찾아오는 사람이 있을지도 모른다며 큰 소리로 고함을 질렀다. 하지만 메아리 소리가 너무나 소름끼치게 무서워서 더 이상 시도하지 않았다.

그때였다. 톰이 베키에게 말했다.

"쉿, 베키! 저 소리 들었어?"

두 아이는 숨을 죽이고 귀를 기울였다. 멀리서 희미하게 고함소리 같은 것이 들렸다. 톰은 즉시 고함을 질러 답하고는 베키의 손을 잡고 소리가 나는 곳을 향해 더듬더듬 걸어가기 시작했다. 톰은 다시 귀를 기울였다. 소리가 더 가까워진 것 같았다.

"구조대야!" 톰이 기쁨에 찬 목소리로 말했다. "베키, 구조대가 오고 있는 거야. 우린 이제 살았어."

아이들은 한시라도 빨리 그 소리가 나는 곳으로 가려 했다. 하지만 발밑에 구덩이가 하도 많아서 빨리 걸을 수 없었다. 그런데 아아! 도저히 건너기 어려운 커다란 구덩이가 앞에 버티고 있는 것 아닌가! 깊이를 헤아릴 길도 없었으며 뛰어 넘는 것도 불가능했다. 그곳에 앉아 구조대가 오기를 기다리는 수밖에 없었다. 그들은 다시 귀를 기울였다. 그런데 멀리서 들려오던 소리가 점점 더 멀어지더니 아예 들리지 않게 되었다. 톰은 목이 쉬도록 고함을 질렀지만 소용이 없었다.

아이들은 길을 더듬어 다시 샘물가로 되돌아왔다. 시간이 지루하게 흘렀다. 둘 다 잠이 들었다가 다시 눈을 떴을 때는 배가 고파서 견딜 수가 없었다. 톰은 지금쯤이면 족히 화요일은 되었을 것이라고 생각했다.

톰은 이렇게 무턱대고 앉아 있느니 주변의 샛길들을 하나씩 탐사해보는 것이 옳으리라 생각했다. 톰은 주머니에서 연줄을 꺼내어 뾰족한 바위에 묶었다. 톰은 베키와 함께 연줄을 풀면서 한 걸음 한 걸음 앞으로 나가기 시작했다. 그들이 스무 발자국 정도 갔을 때였다. 길이 끊어지고 낭떠러지가 나타났다. 톰은 무릎을 꿇고 엎드린 채 밑을 더듬거렸다. 이어서 톰은 손이 닿는 데까지 오른쪽으로 한껏 팔을 뻗어보려고 했다. 그런데 바로 그 순간이었다. 그곳에서 채 20미터도 떨어지지 않은 곳 바위 뒤 쪽에서 촛불을 들고 있는 사람의 손이 불쑥 나타나는 것이 아닌가! 톰은 너무나 기쁜 나머지 마구 소리를 질렀다. 곧이어 그 손의 주인이 모습을 드러냈다. 그런데, 오, 맙소사! 바로 인전 조였으니! 톰은 온몸이 마비된 듯 꼼짝도 할 수 없었다. 자기의 고함소리를 분명 들었을 테니 인전 조가 법정 증언에 대한 보복으로 자신을 죽이러 올 게 틀림없다고 생각했다.

'아니야, 메아리 때문에 내 목소리인 줄 알 수 없었을 거야. 그래, 틀림없어.'

온몸에 힘이 다 빠져 기운이 없었지만 빨리 샘가로 돌아가야 했다. 톰은 베키에게 그냥 운이 좋으라고 고함을 한 번 질러본 것뿐이라고 둘러대고는 연줄을 더듬어 다시 샘가로 돌아갔다.

샘가에서 지루하게 앉아 기다리다가 잠을 자고 일어나자 톰에게는 인전 조를 향한 두려움도 어느 정도 사라졌다. 그만큼 배고픔과 슬픔이 컸던 것이고, 그 배고픔과 슬픔이 두려움을 이겨버린 것이다. 톰은 이제 수색 작업도 중단되었을지 모르니 다른 길을 찾아보자고 베키에게 말했다. 하지만 베키는 꼼짝도 할 수 없었다. 거의 무감각한 상태에 빠진 베키는 도무지 자리에서 일어나려 하지 않았다. 베키는 차라리 그 자리에 앉은 채 죽어버리겠다고 말하더니, 톰 혼자 길을 찾아보라고 했다. 그리고 만일 자기가 죽음을 맞게 되면 숨이 넘어갈 때까지 옆에서 손을 잡고 지켜봐달라고 했다.

톰은 베키의 이마에 입을 맞춘 후 연줄을 손에 잡고 통로 아래쪽을 엉금엉금 기어가기 시작했다. 배고픔과 암울한 미래에 대한 예감으로 마음은 비통하기 그지없었다.

제27장 생환

화요일 오후 해가 질 무렵, 세인트-피터스버그 마을은 여전히 슬픔에 잠겨 있었다. 실종된 아이들을 여전히 찾지 못했던 것이다. 아이들을 위한 합동 기도회가 교회에서 열렸고 각 가정에서도 아이들의 생환을 진심으로 바라는 기도를 드렸다. 하지만 동굴로부터는 아직 아무 소식이 없었다. 수색 작업에 나섰던 대부분의 사람들은 가망이 없다고 포기하고 생업에 나섰다. 새처 부인은 몸져누운 채 헛소리를 했으며 폴리 이모는 우울증에 빠져 희끗희끗하던 머리가 거의 백발이 다 되어버렸다. 그날 밤 희망을 잃은 사람들은 전보다 더 비탄에 빠져 잠자리에 들었다.

자정이 조금 지났을 무렵이었다. 마을 종이 갑자기 요란하게 울렸다. 이어서 사람들이 정신없이 옷을 반쯤 걸치고 거리로 쏟아져 나왔다. 사람들은 "어서 나와봐요! 어서! 아이들을 찾았다. 아이들을 찾았다!"라고 큰 소리로 외쳤다. 마을 사람들은 떼를 지어 강변으로 달려갔다. 잠시 후 사람들은 무개 마차에 실려 오는 톰과 베키를 빙 둘러싼 채 마을로 들어섰다. 마치 개선장군을 맞이하듯 모두들 만세를 외쳤다.

온 마을이 환하게 불을 밝혔다. 아무도 다시 잠자리에 들지 않았다. 이 작은 마을에서는 결코 경험하지 못했던 성대한 밤이었다. 마을 사람들은 새처 판사의 집으로 몰려가 생환한 아이들을 한 번씩 껴안고 입을 맞추었으며 새처 부인의 손을 잡았다. 모두들 차마 말문을 열지 못하고 눈물만 흘릴 뿐이었다. 폴리 이모의 기쁨은 이루 말로 다할 수 없을 정도였고 새처 부인도 마찬가지였다. 하지만 새처 부인에게는 즐거운 일이 더 남아 있었다. 아직 동굴에 남아 있는 새처 판사에게 이 기쁜 소식을 전하는 일이었다.

소파에 누운 톰은 자기 말에 열심히 귀를 기울이는 사람들에게 둘러싸인 채 적당한 과장을 섞어 자기들이 겪은 놀라운 모험담을 들려주었다. 베키를 혼자 놔둔 채 계속 길을 찾아 돌아다녔다고, 연줄이 닿는 데까지 두 번째 샛길을 탐사한 후 세 번째 샛길을 따라가다가 연줄이 모자라서 뒤돌아서려던 순간 저 멀리 작은 빛 하나가 힐끗 보였다고, 연줄을 놓고 그쪽을 향해 더듬어가다보니 작은 구멍이 있었고 그 구멍을 통해 햇빛이 들어온 것이었다고, 그 구멍으로 머리를 내밀고 보니 눈앞에 드넓은 미시시피강이 흐르고 있었다고 길게 이야기했다.

이어서 톰은 즉시 베키에게 돌아가 믿지 않으려는 베키를 설득해 그곳까지 가서 둘이 그 구멍을 통해 밖으로 나오게 된 일, 밖으로 나온 뒤 얼마나 기뻤는지 땅바닥에 주저앉아 둘이 마구 울었던 일도 소상하게 이야기해주었다. 때마침 작은 배가 한 척 지나가고 있었고 톰은 살려달라고 소리쳐서 구조를 받게 되었다고 말했다. 톰이 그들에게 그간 겪은 일을 이야기해주자 배에 탄 사람들은 이곳이 강 하류 쪽으로부터 8킬로미터나 떨어진 곳이라며 좀처럼 믿으려 하지 않았다는 것이었다. 그들은 아이들을 집으로 데려가 먹을 것을 주었고 두세 시간 정도 쉬게 한 후 이곳까지 데려다주었다는 것이었다.

톰은 수요일과 목요일 이틀 동안 꼼짝도 하지 못하고 누워 있었다. 금요일이 되자 제법 몸을 움직일 수 있게 되어 밖에 나가보았으며 토요일에는 완전히 평소의 기력을 되찾았다. 하지만 베키는 일요일까지도 바깥출입을 하지 못했다.

톰은 헉이 앓고 있다는 소식을 듣고 금요일에 헉을 보러 갔다. 하지만 헉의 병이 중했기에 사람들은 면회를 하지 못하게 했다. 토요일과 일요일도 마찬가지였고 월요일이 되어서야 톰은 겨우 헉을 만날 수 있었다. 사람들은 톰에게 자신이 겪은 모험담 등, 헉을 흥분시키는 이야기는 하지 말라는 주의를 들었다. 사람들은 그것으로도 모자라서 혹시 톰이 헉을 흥분시킬까 봐 더글러스 부인이 옆에서 지켜보도록 했다.

톰은 존스 노인으로부터 카디프 힐 사건에 대한 이야기를 들었다. 그리고 누더기 사내가 선착장 근처에서 시체로 발견되었다는 소식도 들었다. 사람들은 도망치려다가 물에 빠져 죽은 것 같다고 말했다.

톰과 베키가 동굴에서 빠져나온 지 보름쯤 되자 헉은 어느 정도 건강을 회복했다. 이제 그에게 자극적인 이야기를 해주어도 될 만큼 회복된 것이다. 사실 톰은 헉에게 긴히 해줄 이야기가 있었다. 톰은 헉을 찾아가는 도중에 베키를 만나려고 새처 판사의 집에 들렀다. 새처 판사의 집에는 손님들이 몇 명 있었다. 그중 한 명이 톰을 보자 장난기 섞인 목소리로 어디, 다시 동굴 안에 들어가볼 생각이 있느냐고 물었다. 톰은 그깟 것 왜 못 들어가느냐고 대답했다. 그러자 새처 판사가 말했다.

“그래, 너 같은 녀석들이 또 있을 거야. 암, 두말하면 잔소리지. 하지만 우리가 다 예방 조치를 해놓았다. 이제 아무도 그 동굴 안에서 길을 잃는 일은 없을 거야.”

“무슨 말씀이세요?”

“2주일 전에 두꺼운 철판으로 된 무거운 문으로 입구를 막아버렸거든. 게다가 삼중으로 자물쇠를 채웠고, 열쇠는 내가 갖고 있어.”

순간 톰의 얼굴이 백짓장처럼 하얗게 질렸다. 거의 기절할 지경이었다.

“얘야, 왜 그러느냐? 이봐, 누구든 얼른 가서 물 좀 가져와!”

누군가 물을 가져와 톰의 얼굴에 끼얹었다.

“이제 좀 정신이 드니? 톰, 도대체 왜 그러는 거냐?”

“오, 판사님! 그 동굴 안에 인전 조가 있어요!”

제28장 인전 조의 죽음과 보물

세인트-피터스버그는 역시 좁은 마을이었다. 인전 조가 그 동굴 안에 갇혔다는 소식도 삽시간에 온 마을에 퍼졌다. 남자들을 태운 십여 척의 작은 배가 맥두걸 동구로 향했고 사람들을 가득 태운 나룻배도 뒤를 따랐다. 톰 소여는 새처 판사와 같은 배에 타고 있었다.

일행이 동굴 앞에 도착해 문을 열자 어두컴컴한 동굴 안의 처참한 광경이 눈앞에 펼쳐졌다. 인전 조는 바깥세상의 빛과 자유를 마지막 순간까지 갈망한 듯 문틈에 바싹 얼굴을 갖다 댄 채 죽어 있었다. 톰은 가슴이 뭉클했다. 자신의 경험에 비추어 이 사내의 고통이 어떠했는지 짐작이 되었던 것이다. 톰은 죽어버린 사내에 대해 연민을 느끼는 한편 이제는 살았구나 하며 안도의 한숨을 내쉬었다. 법정에서 이 흉포한 사내에게 불리한 증언을 한 후 자신이 얼마나 엄청난 공포에 시달리고 있었는지 톰은 비로소 절실히 깨달을 수 있었다.

인전 조의 칼은 두 동강이가 난 채 옆에 떨어져 있었고 오랫동안 그 칼로 난도질을 한 듯 문짝 아랫부분에 흠집이 심하게 나 있었다.

사람들은 인전 조를 동굴 입구 근처에 묻었다. 인전 조의 장례식에는 세인트-피터스버그 주민들은 물론이고 인근 10킬로미터 지역의 마을 사람들도 다 모였다.

인전 조의 장례를 치르고 난 다음 날 톰은 헉을 은밀한 장소로 데리고 갔다. 이제나저제나 하고 기회를 엿보던 중요한 할 말이 있었던 것이다. 헉도 이제는 존스 노인과 더글러스 부인에게서 톰이 겪은 동굴 속 모험 이야기를 다 들어서 알고 있었다. 헉이 다 알고 있다는 듯 말하자 톰이 헉에게 말했다.

"하지만 한 가지는 모를걸. 다른 사람들도 아무도 모르니까."

"내가 모를 줄 알고? 여관집 주인 고자질을 네가 했지? 돈은 못 찾고 술만 거기서 봤으니까."

"뭐? 내가 그런 짓을 왜 해? 게다가 네가 망을 보던 그날 나는 소풍을 갔었는데.”

“아, 참 그렇지. 어쨌든 그 돈은 이제 그 여관 2호실에 없어. 누군가 슬쩍 한 거지. 우리들 보물은 날아가버린 거야.”

“헉, 그 2호실에는 애당초 돈이 없었어.”

“뭐야? 거기 없었다고? 그렇다면 어디 있는지 네가 알아냈다는 거야?”

“헉, 그 돈은 지금 동굴 속에 있어.”

헉의 눈이 휘둥그레졌다.

“다시 말해봐, 톰!”

“돈이 동굴 속에 있다니까!”

“톰, 너 지금 장난하는 거 아니지? 정말이야?”

“정말이야. 너 나랑 둘이 가서 그 돈 꺼내오지 않을래?”

“물론이지! 길을 잃지 않을 자신만 있다면!”

“그런 걱정은 하지 마. 연줄을 길게 매서 갖고 가면 돼.”

“좋아. 그러면 언제 가지?”

“지금 당장 가야지. 헉, 네 몸, 괜찮겠어?”

“그 돈이 동굴 속 깊은 곳에 있니? 사나흘 걸어봤더니 아직 1킬로미터 이상 걷는 건 무리일 것 같아. 톰, 나중에 하자.”

“그 정도 걸을 수 있으면 괜찮아. 다른 사람들이 거기 가려면 아마 8킬로미터는 걸어야 할걸. 하지만 난 지름길을 알고 있다고. 너는 배를 타고 가만히 있기만 하면 돼. 내가 노를 저을 테니까."

"좋았어. 그럼 지금 당장 출발하자, 톰"

"좋아. 하지만 준비할 게 좀 있어. 빵과 고기, 담배 파이프, 자루 두어 개, 연줄 두세 개, 성냥을 갖고 가야 해. 동굴 속에 갇혀 있다보니까, 그런 물건들이 얼마나 간절하게 아쉬웠는지 몰라."

정오가 조금 지나자 두 아이는 주인이 자리를 비운 사이에 보트 한 척을 슬쩍 빌려 타고 목적지로 향했다. 그들이 케이브할로우로부터 아래쪽으로 몇 킬로미터 정도 떨어진 곳에 도착하자 톰이 입을 열었다.

"덤불들이 다 똑같아 보이지? 하지만 저기 산사태로 하얗게 된 곳이 있잖아. 저게 내가 점찍어놓은 표지야. 저 표지가 보이는 데서 내리면 돼. 자, 이제 배에서 내리자."

둘은 배에서 내렸다.

"헉, 내가 빠져나온 구멍이 낚싯대 하나 정도 거리에 있어. 네가 한번 찾아봐."

톰의 말에 헉이 애써 찾아보았지만 아무것도 발견할 수 없었다. 그러자 톰은 옻나무 덤불이 빽빽하게 들어찬 숲으로 의기

양양하게 걸어갔다.

"바로 여기야. 이렇게 은밀한 구멍은 아무 데도 없을 거야. 헉, 절대로 다른 사람에게 입을 놀리면 안 돼. 난 오래전부터 산적이 되고 싶었어. 하지만 이렇게 은밀한 곳을 찾지 못했던 거야. 그런데 이제 이렇게 찾게 된 거지. 다른 아이들에게는 비밀로 해야 하지만 조 하퍼와 짐 로저스에게는 알려주자. 산적이 되려면 갱단을 조직해야 하거든. 그러지 않으면 폼이 나지 않는다고! '톰 소여 갱단'! 어때 멋지지 않아?"

"그래, 어쩐지 해적보다는 산적이 멋진 것 같다."

"맞아. 집에서도 가깝고 서커스 구경도 할 수 있고. 산적이 해적보다 훨씬 나아."

두 아이는 이야기를 주고받으면서 구멍 안으로 기어들어갔다. 그들은 연줄을 꼬아서 연결한 다음 한쪽 끝을 나무에 단단히 붙잡아 매놓고 통로를 걸어가기 시작했다. 그들은 잠시 후 톰과 베키가 머물렀던 샘가에 도착했다. 그들은 계속 밑으로 내려갔다. 그리고 톰이 처음에 따라갔던 통로를 통해 낭떠러지에 도착했다. 하지만 촛불로 주변을 자세히 보니 까마득한 낭떠러지가 아니라 높이가 7~8미터에 이르는 작은 언덕일 뿐이었다. 톰이 나지막이 속삭였다.

"자, 이제 내가 네게 뭔가 보여줄게."

톰은 그 말과 함께 촛불을 높이 쳐들었다.

"저기 저 모퉁이를 봐. 저기 보이지? 저 커다란 바위 위에 촛불 그을음으로 그려놓은 것 말이야."

"십자가잖아."

헉이 별 감정 없이 말하자 톰이 언성을 높였다.

"이런! 너 벌써 '2호실'을 까먹었니? 십자가 밑에 있다고 했잖아. 바로 저기 인전 조가 촛불을 들고 서 있는 걸 내가 봤다니까."

헉이 그제야 알겠다는 표정을 지었다. 곧이어 톰이 진흙 언덕을 발로 찍어 딛기 쉽게 만들면서 아래로 내려갔고 헉이 뒤를 따랐다. 아래로 내려가니 갈림길이 네 군데 있었다. 둘은 세 군데를 뒤졌지만 아무것도 발견하지 못했다. 그런데 네 번째 갈림길로 들어서자 움푹 들어간 공간이 있었다. 그곳에는 잠자리인 듯 담요가 깔려 있었고 낡은 멜빵 하나, 베이컨 껍질 등이 흩어져 있었다. 하지만 아무리 뒤져도 돈 상자는 찾을 수 없었다.

두 아이는 낙담해서 그 자리에 주저앉았다. 그때 톰이 갑자기 생각이 떠오른 듯 그곳에 있는 바위를 가리키며 말했다.

"헉, 인전 조가 십자가 '아래'라고 했잖아. 저 바위 아래 있을 것 같아. 저 아래를 한번 파보자."

"좋은 생각이야, 톰."

톰은 칼을 당장에 꺼내서 땅을 파기 시작했다. 그런데 얼마 파 들어가지 않아 나무판자 같은 것을 칼끝이 건드렸다.

"헉, 너도 소리 들었지?"

이번에는 헉이 달려들어 땅을 파면서 흙을 걷어내기 시작했다. 곧이어 아이들은 나무판자를 걷어냈다. 그러자 작은 틈이 나타났다. 자연적으로 만들어진 틈으로서 나무판자와 흙으로 가려놓았던 것이다. 두 아이는 몸을 굽히고 그 틈을 통해 아래로 내려갔다. 구불구불한 길을 얼마간 내려가자 조그마하고 아늑한 동굴 같은 것이 나타났다. 앞장서고 있던 톰이 소리를 질렀다.

"오, 맙소사! 헉! 저걸 좀 봐!"

그 동굴 안에 보물 상자가 놓여 있었다. 그 옆에 빈 화약 상자 하나, 가죽 케이스에 들어 있는 총 두 자루, 낡은 가죽신 두 켤레, 가죽 벨트 등과 함께 너절한 허섭스레기들이 널려 있었다.

"드디어 찾았다!" 한 손으로 금화를 휘저으며 헉이 외쳤다. "톰, 우린 이제 부자가 된 거야!"

"헉, 난 이게 우리 손에 들어올 거라고 믿고 있었어! 그 믿음이 실현된 거야. 헉, 이러고 있을 때가 아니야. 어서 이 보물들을 가지고 나가자."

그 상자는 무게가 거의 20킬로그램쯤이나 되었다. 그대로 들고 나갈 수는 없었다.

톰이 말했다.

"자루를 준비해 오길 정말 잘했다."

둘은 금화를 자루에 옮겨 담았다.

"총하고 다른 물건들도 가져가자"라고 헉이 말했다.

"아냐, 그것들은 두고 가. 나중에 산적이 되면 정말 필요할 물건들이니까. 여기서 요란한 '통음난무(痛飮亂舞)'도 벌이자. '통음난무' 벌이기에 딱 좋은 자리네."

"'통음난무'? 그게 어떤 건데?"

"나도 몰라. 하지만 책에서 보면 산적들은 늘 그런 걸 벌인다고 나와 있어. 자, 어서 가자. 벌써 날이 저물고 있을 거야. 배도 고프고."

잠시 후 두 아이는 배 위에 올라 담배를 피우고 있었다. 해가 서쪽으로 넘어갈 즈음 그들은 마을을 향해 출발했다.

육지에 도착한 아이들은 돈을 더글러스 아줌마 헛간 다락에 숨겨놓자고 합의한 뒤에 다음 날 다시 와서 돈을 나누기로 했다. 톰은 헉에게 잠시 기다리라고 한 뒤에 어느 집에서인지 재빨리 손수레를 하나 슬쩍해 왔다. 나중에 돌려줄 생각이었으니 잠시 빌렸다고 하는 게 옳을 것이다. 둘은 손수레에 자루를 싣고 그 위에 누더기를 적당히 덮은 뒤 더글러스 부인의 집을 향해 언덕을 오르기 시작했다.

아이들이 존스 노인의 집 앞에 이르러 잠시 쉬었다 가려는데 마침 밖으로 나오던 존스 노인이 그들을 보고 말했다.

"거기, 누구냐?"

"헉하고 톰 소여예요."

"그래? 마침 잘됐다. 더글러스 부인 댁으로 함께 가자. 모두 너희들을 기다리고 있어. 이 손수레는 내가 끌어주마. 한데, 뭐가 이렇게 무겁냐? 벽돌이라도 든 거냐? 아니면 고철 조각?"

"고철 조각이에요"라고 톰이 얼른 대답했다.

"내 그럴 줄 알았다. 그깟 것 몇 푼도 안 되는 걸 벌려고 고생이로구나. 자, 빨리 가자."

아이들은 왜 그렇게 서두르는지 알 수가 없어 의아한 표정을 지었다.

"궁금해할 것 없어. 더글러스 부인 댁에 가면 다 알게 될 거야. 암튼 좋은 일이다."

두 아이는 존스 노인의 뒤를 따를 수밖에 없었다. 잠시 뒤 존스 노인은 손수레를 더글러스 부인 집 문 옆에 세워놓고 아이들을 떠밀다시피 해서 거실로 데려갔다.

온 집 안에 불이 훤히 켜져 있었고, 마을 유지라고 할 만한 사람들이 모두 거실에 모여 있었다. 새처 판사 부부를 비롯해 하퍼 씨 부부, 로저 씨 부부, 폴리 이모와 시드, 메리, 목사, 신문사 편집인 등 내로라하는 사람들이 정장을 하고 있었다. 더글러스 부인은 진흙과 촛농이 범벅이 된 사나운 몰골의 두 아이를 반갑게 맞아들였다.

"집 앞에서 두 아이를 우연히 만나 이렇게 데려왔습니다"라고 존스 노인이 말했다.

"정말 잘 하셨어요." 더글러스 부인이 치하한 뒤에 두 아이를 2층 방으로 데리고 가서 말했다. "자, 세수를 하고 옷을 갈아입어라. 여기 새 옷이 두 벌 있단다. 모두 새로 사다 놨어. 우린 아래층에서 기다리고 있을 테니 어서 옷을 갈아입고 내려오도록 해라."

말을 마치고 부인은 방에서 나갔다.

제29장 놀라운 일

"톰, 밧줄 좀 구할 수 없을까? 밧줄만 있으면 도망갈 수 있을 텐데. 창문이 그다지 높지 않아."

부인이 나가자마자 헉이 말했다.

"무슨 바보 같은 소리를! 왜 도망가겠다는 거야?"

"난 저렇게 사람들이 모여 있는 데는 익숙하지 않아. 딱 질색이라니까. 난 아래층으로 내려가지 않을래."

"야, 그런 소리 하지 마! 내가 옆에서 도와줄게."

둘이 옥신각신하고 있을 때 시드가 방에 나타났다.

"형, 이모가 오후 내내 기다렸는데 어디 갔었어? 모두들 형 걱정을 얼마나 했는데. 근데 형 옷에 묻은 진흙하고 촛농은 도대체 뭐야?"

톰이 시드의 말을 받았다.

"이보세요, 시드 양반! 댁의 일에나 신경 쓰시지요. 그런데 뭣 때문에 저렇게들 모여서 난리인 거니? 무슨 잔치라도 벌이는 것 같은데."

"더글러스 아줌마는 이런 잔치 자주 벌이잖아. 이번에는 그 아줌마가 존스 할아버지랑 두 아들을 위해서 벌이는 거야. 지난번에 아줌마를 구해줬잖아. 근데, 형, 형에게 은밀히 말해줄 게 있는데……, 물론 형이 듣고 싶다면 말이지."

"뭔데?"

"오늘 존스 할아버지가 깜짝 놀랄 발표를 하실 거야. 할아버지가 이모한테 비밀이라며 하는 말을 몰래 엿들었거든. 하긴 뭐, 다 아는데 비밀이랄 것도 없지. 더글러스 아줌마도 모른 척하고 있지만 다 알고 있어. 암튼 할아버지는 그 자리에 헉이 꼭 있어야 한대. 헉이 없으면 그 비밀도 맥이 빠져버릴 게 뻔하니까."

"무슨 비밀인데, 시드?"

"헉이 더글러스 아줌마 집까지 악당들 뒤를 쫓았던 일 말이야. 존스 할아버지는 깜짝 놀랄 발표를 하실 것처럼 생각하시지만 썰렁할 거야."

"야, 시드! 그 비밀 네가 퍼뜨린 거지!"

"아무러면 어때? 뭐, 누군가 말했겠지."

"야, 시드! 이 마을에서 그런 치사한 짓을 할 놈은 딱 하나밖에 없어! 바로 네놈이야! 치사한 짓만 골라서 하는 놈이잖아!"

톰은 시드의 뺨을 한 차례 때려서 내쫓았다.

몇 분 뒤 손님들이 식탁에 둘러앉았고 열두어 명 정도 되는 아이들도 작은 식탁에 앉았다. 제일 먼저 존스 노인이 일어나서 이런 자리를 마련해준 더글러스 부인에게 감사를 표한 다음, 가장 극적인 효과를 낼 때가 되었다고 판단되는 순간, 그날 헉이 했던 용감한 행동에 대해서 밝혔다. 사람들은 놀라는 기색을 보였지만 시드의 말대로 어딘가 김이 빠진 듯 존스 노인이 기대했던 열광적인 분위기가 아니었다. 다만 더글러스 부인만은 소스라치게 놀라는 척하더니 헉에게 온갖 감사의 말과 칭송을 늘어놓았다. 헉은 그곳에 모인 사람들에게 일제히 칭송을 받는 게 너무나 거북해서, 입고 있는 새 옷의 불편함도 잊을 정도였다.

존스 노인의 말이 끝나자 더글러스 부인은 헉을 자기 집에서 키우고 공부도 시키겠다고 했다. 그리고 나중에 때가 되면 헉이 장사를 할 수 있을 만큼의 밑천도 대주겠다고 했다. 그러자 마치 기회를 노리고 있었다는 듯 톰이 나서며 말했다.

"헉에게는 돈이 필요 없어요! 헉은 부자예요!"

좌중의 사람들이 체면을 생각하지 않았다면 일제히 큰 웃음을 터뜨렸을 것이다. 잠시 어색한 침묵이 흐르자 톰이 재차 말했다.

"정말이에요. 헉은 돈이 많아요. 그렇게 비웃지 마세요. 제가 증거를 보여드릴 테니까요."

말을 마치기 무섭게 톰은 밖으로 뛰어나갔다.

잠시 후 톰이 자루 두 개를 낑낑거리며 들고 방 안으로 들어섰다. 톰은 탁자 위에 금화를 와르르 쏟아놓았다.

"자, 보세요. 반은 헉의 몫이고 반은 내 거예요."

모두들 입을 멍하니 벌린 채 아무 말도 하지 못했다. 마치 숨이 멎은 것만 같았다. 누군가 어떻게 된 일이냐고 물었고 톰은 온갖 실력을 다 발휘해 설명을 했다. 너무나 흥미진진한 이야기라서 그 누구도 도중에 질문조차 하지 않았다.

톰의 이야기가 끝나자 존스 노인이 말했다.

"오늘 제 딴에는 대단한 비밀이라도 털어놓아 여러분들을 놀라게 해주고 싶었는데, 이 이야기를 듣고 보니 정말 싱거운 일이 되어버렸군요."

사람들은 돈을 헤아려보았다. 1만 2,000달러가 조금 넘는 액

수였다. 이 마을 유지들이 다 모인 자리였지만 그중 누구도 그런 어마어마한 현금을 직접 본 사람은 없었다. 물론 그보다 더 많은 재산을 가진 사람은 몇 명 있었지만 말이다.

제30장 부자가 된 헉의 불행

톰과 헉이 횡재를 했다는 사실에 세인트-피터스버그 마을이 온통 발칵 뒤집혔음은 두말할 필요가 없을 것이다. 엄청난 액수의 돈인데다, 그것도 모두 현찰이었으니 정말로 믿기 어려운 일이었다.

한 가지만 지적하자. 그들의 횡재가 마을에 좋지 않은 영향을 미쳤다. 사람들이 혹시 숨겨져 있을지도 모를 보물을 찾아 '유령의 집' 안 전체를 샅샅이 뒤지며 마루판을 뜯어내고 마당을 파헤쳤던 것이다. 슬쩍 말하는 것이지만 그중에는 꽤나 점잖은 사람들도 있었고, 그런 기적 따위는 믿지 않는다고 호언장담하던 현실주의자들도 있었다.

톰과 헉은 이제 마을 사람 모두에게서 존중받는 인물이 되었다. 그들이 무슨 말을 하건 사람들은 마치 큰 의미가 있는 듯 되풀이했으며 그들이 무슨 행동을 하건 특별한 행동으로 간주했다. 심지어 그들의 과거 행동을 마치 역사적 사건이라도 되는 듯 들추어서 그 행동의 독창성을 칭송했으며 마을 신문은 아이들의 전기(傳記)에 대한 기사를 싣기도 했다.

더글러스 부인은 헉의 돈을 6퍼센트 이자를 받는 곳에 투자했다. 톰의 돈은 폴리 이모의 부탁으로 새처 판사가 같은 조건의 투자처를 주선해주었다. 이제 두 아이의 수입은 그야말로 어마어마해졌다. 하루에 1달러씩 이자를 받게 된 것이다. 그 돈은 마을 목사가 받는 수입의 두 배에 해당되었다. 당시 1주일에 1달러 25센트면 아이 한 명을 먹이고 입히면서 교육도 시킬 수 있었으니, 두 달 치 이자만으로도 1년 동안 아이를 양육할 수 있는 돈이었다.

한편 새처 판사는 톰이라는 인물에 대해 아주 높은 평가를 내렸다. 그는 보통 아이 같았으면 자기 딸을 동굴에서 구해내지 못했을 것이라고 말했다. 더욱이 베키로부터 학교에서 톰이 자기 대신 나서서 벌을 받는 영웅적인 행동을 했다는 이야기를 듣고는 탄복했다. 순진한 베키가, 자기를 대신해서 매를 맞으려고 톰이 거짓말한 것을 용서해달라고 아버지에게 말하자 아버지는 그 거짓말이야말로 가장 고결하고도 너그러운 거짓말이라고 목청을 높였다. 심지어 새처 판사는 조지 워싱턴이 사과나무를 자르고 정직하게 고백한 일과 맞먹을 만한 역사적 선행이라고 말했다. 이어서 새처 판사는 톰이 앞으로 커서 훌륭한 법률가나 위대한 군인이 되기를 바란다고 말하곤 했다. 좀 더 욕심을 부린다면 육군사관학교에 입학한 다음, 미국 최고의 법과 대학에 입학할 수 있도록 자신이 돕겠다고도 말했다.

하지만 그 누구보다 새로운 생활을 맞이하게 된 것은 바로 헉이었다. 그는 부자가 된 데다 더글러스 부인의 보호하에 지내게 되면서 생전 처음으로 이른바 사회생활을 하게 된 것이다. 하지만 보다 정확히 말하자면 자신의 의도와는 상관없이 그 안으로 끌려 들어가 그 안에서 내동댕이쳐진 것과 같았다.

헉은 정말로 견디기 어려울 만큼 고통스러웠다. 하인들이 끊임없이 깨끗하게 씻기고 말끔하게 옷을 입히고, 머리에 빗질을 해대며 그를 괴롭혔다. 침대 시트도 밤마다 갈아주었는데, 그 시트에는 헉을 다정한 친구처럼 잡아끄는 얼룩이나 때가 조금도 없었다. 식사 때도 나이프와 포크를 사용해야만 했고 냅킨, 컵, 접시를 사용해야 했다. 그뿐인가? 공부도 해야 했고 일요일이면 교회에도 나가야 했다.

헉은 3주 동안 그 불행을 용케도 잘 참고 버텼다. 하지만 어느 날 그는 홀연 종적을 감춰버렸다. 걱정이 된 더글러스 부인은 톰이 있을 만한 곳을 다 돌아다녔지만 찾을 수 없었다. 헉이 사라진 지 사흘 째 되는 날, 톰 소여는 폐허가 된 옛 도살장 주변의 빈 나무통들을 기웃거리고 있었다. 현명한 판단이었음은 두말할 필요가 없다.

톰은 그중 하나의 통 속에서 '도망자'를 찾아냈다. 헉은 그동안 그 통 속에서 지내고 있었던 것이다.

톰이 헉을 찾았을 때 헉은 훔쳐온 음식 찌꺼기로 식사를 한 후 담배를 피우고 있었다. 그의 몰골은 자세히 묘사할 필요가 없을 것이다. 옛 모습 그대로였으니 말이다.

톰은 헉을 통에서 끄집어 낸 뒤 다시 집으로 돌아가라고 타일렀다. 그러자 헉이 말했다.

"톰, 그런 말 하지 마. 나도 노력했지만 안 되는걸. 정말 안 돼. 그건 내게 안 맞아. 어휴, 매일 정해진 시각에 일어나서 세수하고 북북 빗질을 해대고, 게다가 숨이 막힐 것 같은 그놈의 옷을 입어야 하고……. 그놈의 옷들은 공기도 통하지 않아. 그놈의 옷을 입고는 바닥에 앉을 수도 없고 마음대로 땅에 뒹굴 수도 없어. 지하실 문짝 위에서 미끄럼을 타본 지가 까마득한 옛날 같더라고. 교회는 또 어떻고! 암튼 더 말할 것 없이 도무지 견딜 수 있는 게 한 가지도 없어."

"헉, 다른 애들도 다 그렇게 하는걸."

"톰, 나는 다른 아이들이 아니잖아. 그렇게 얽매여 사는 건 내게는 너무나 끔찍해. 먹을 게 너무 쉽게 넘쳐나니까 밥맛도 없어. 이건 뭐 낚시를 가려 해도 허락, 헤엄을 치러 가려 해도 허락, 그놈의 허락 없이는 아무것도 못 하니! 물론 더글러스 아줌마가 잘해주는 건 나도 알아. 하지만 내가 마음이 편해야 받아들이지. 암튼 재미가 하나도 없어. 매일 상냥한 말만 하면서 지내다보니 속이 다 거북해. 밤이면 다락방에 올라가서 실컷 욕을 해대야 겨우 편해진단 말이야. 게다가 생각해봐라, 톰. 조금 있으면 개학할 것 아니니? 그럼 학교에 가야 하잖아! 학교? 그건 정말로 못 해! 제길, 그놈의 돈만 없었어도 이런 일은 당하지 않는 건데! 톰, 그 돈 너 다 가져. 가끔 10센트짜리 동전 하나만 던져주면 돼. 그것도 자주 줄 필요 없어. 난 쉽게 손에 들어오는 건 눈곱만큼도 흥미가 없거든. 야, 톰! 네가 더글러스 아줌마한테 말 좀 잘해줘라."

"내가 그런 말을 할 줄 모른다는 건 네가 더 잘 알잖아. 헉, 조금만 참으면 익숙해지고 그런 생활을 좋아하게 될 거야."

"뭐? 좋아하게 되는 거 좋아하시네. 야, 뜨거운 난로 위에 오래 앉아 있으면 그 난로가 좋아진단 말이냐? 난 그런 집이 싫어. 난 숲속이 좋고 강이 좋고, 이 나무통이 좋단 말이야. 난 평생 이렇게 살 거야. 이런 제길! 우리에겐 총도 있고 동굴도 있고 산적 노릇할 준비가 다 되어 있는데, 도대체 왜 이런 일이 생긴 거야!"

톰은 이때다 싶어 말했다.

"헉, 내가 부자가 되었다고 산적이 되겠다는 생각을 포기한 것 같니?"

"정말이야? 야, 신난다! 너, 진심으로 하는 말이지?"

"그럼, 진심이고말고. 하지만 헉, 네가 점잖은 사람이 되지 않으면 갱단에 끼워줄 수 없어."

톰의 말에 헉의 기쁨이 이내 사그라졌다.

"왜? 왜 안 된다는 거야? 전에 해적단에는 끼워줬잖아."

"그게 말이야, 해적하고 산적은 좀 달라. 산적은 해적보다는 좀 고상한 사람들이거든. 대부분 신분이 아주 높은 사람들이야. 공작이니 뭐니 하는 사람들……."

"야, 톰! 우리가 얼마나 친하게 지냈니? 제발 나를 빼놓지 마. 설마 그러진 않겠지?"

"난들 그러고 싶겠니. 하지만 남들이 뭐라고 하겠어? '흥, 톰소여 갱단? 형편없는 놈이 끼어 있잖아'라고 할 거야. 너나 나나 그런 말은 듣고 싶지 않잖아."

톰의 말에 헉은 갈등을 느끼는 것 같았다. 잠시 뒤 헉이 입을 열었다.

"좋아. 더글러스 아줌마 집에 가서 한 달쯤 견뎌볼게. 참아낼 수 있는지 한번 볼게. 그 대신 갱단에는 꼭 끼워주는 거다."

"그래, 좋아. 자, 함께 가자. 내가 아줌마에게 좀 느슨하게 해달라고 부탁할게."

"그래 줄래? 몇 가지 힘든 일만 풀어주면 돼. 그냥 몰래 담배 피우고 욕하는 걸로 참아볼게. 그래, 언제 갱단을 모을 거야?"

"당장 해야지. 오늘 밤이라도 아이들을 모아서 '입단식'을 할 수 있을 거야."

"뭐? 무슨 식?"

"입단식 말이야."

"그게 뭔데?"

"서로 간의 약속을 지키겠다고 맹세하는 거야. 목에 칼이 들어와도 우리 갱단의 비밀을 절대로 누설하지 않겠다는 맹세도 하는 거고. 또 누구든 우리 단원에게 해를 입히면 그놈뿐 아니라 그놈의 가족들까지 해치우겠다고 맹세하는 거야."

"야, 재밌다. 그거 정말 재밌겠어."

"물론이지. 그런데 그런 맹세는 한밤중에 으스스한 장소에서 하는 게 제격인데……, 유령의 집이 딱 안성맞춤인데 사람들이 온통 파헤쳐놓았으니……."

"어쨌든 한밤중에 한다니 마음에 든다, 톰."

"당연하지. 관 위에 손을 얹고 피의 맹세를 하는 거야."

"그거 정말 신나겠다! 해적보다 수천 배는 더 재밌겠어! 그렇다면 썩어문드러질 때까지 아줌마 집에서 지낼 거야. 내가 진짜 멋있는 산적이 되어 이름을 날리게 되면 아줌마도 나를 진창에서 구해낸 걸 자랑스럽게 여기게 될 거야."

맺는말

이 연대기는 이렇게 끝난다. 이 이야기는 순전히 한 아이에 대한 이야기이므로 이야기가 더 진행되어 어른 이야기가 되지 않게 하려면 이렇게 끝을 맺어야 한다. 만일 어른에 대한 이야기를 쓰게 된다면 어디서 이야기를 끝내야 하는지 누구나 잘 알고 있다. 즉, 결혼과 함께 이야기를 끝내면 되는 것이다. 하지만 아이의 이야기를 할 때면 가장 끝내기 좋을 때에 끝내야 한다.

이 책에 나오는 인물들은 대개 지금도 살아 있으며 그것도 행복하게 잘 살고 있다. 언젠가 그들 중 몇몇 젊은이들을 주인공으로 삼아 그들이 어떤 어른으로 성장해 가는지 보여주는 것도 가치가 있는 일일 것이다. 그러니 그들의 현재 삶에 대해서는 일체 함구하는 것이 현명한 일이리라.

『톰 소여의 모험』을 찾아서

『톰 소여의 모험』은 꿈 같은 소설이다. 더 정확히 말한다면 유년기의 꿈이 마음껏 펼쳐져 있는 소설이다. 어른으로서의 불안과 책임 등에서 벗어난 낙원과도 같은 세상에 대한 찬가다. 어린이들은 이 소설을 읽으면서 '톰 소여'와 한 몸이 되어 그 꿈에 동참할 수 있으며 청소년은 방금 지나쳐 온 유년 시절에 대한 아쉬움을 느낄 수 있고, 어른들은 까마득히 지나간 유년 시절에 대한 애틋한 향수에 젖을 수 있다. 나 또한 이 소설을 옮기면서, 저 아득한 유년기로 얼마나 자주 시간 여행을 했던지! 그러면서 그 얼마나 행복해했던지! 내 안에 아직 '톰 소여'가 살고 있음을 느끼고 얼마나 기뻐했던지!

'톰 소여'의 모험에 동참하기 위해 굳이 미국의 미시시피강을 떠올릴 필요는 없다. 미시시피강에서 직접 헤엄을 치거나 보트를 저어볼 필요도 없다. 톰 소여처럼 보물을 찾으러 유령의 집을 찾거나 동굴 탐사에 나설 필요도 없다. 우리들 속에 미시시피강이 흐르고 있으며 우리들의 유년기 속에 무수히 많은 보물찾기 경험이 녹아 있기 때문이다. 이 소설을 읽으면서 우리가 잊고 있었던 동심으로 돌아갈 수만 있다면 우리는 얼마든지 톰 소여의 모험을 그와 함께 할 수 있다.

그렇다! 동심으로 돌아가기만 하면 된다. 우리들 속에 동심이 살아 있기만 하면 된다! 그러기만 하면 우리가 청소년이건 어른이건 우리는 곧바로 톰 소여로 변신할 수 있다. 아닌 게 아니라 작가는 머리말에서 "나는 주로 소년, 소녀를 즐겁게 해주기 위해 이 이야기를 썼다. 하지만 그런 이유로 나이 든 사람들에게서 외면당하지 않기를 바란다"라고 썼다. 또한 작가는 "어른들이 이 책을 보면서 전에 내 모습은 어땠는지, 자신들이 어떻게 느끼고, 생각하고, 이야기했는지, 또한 때때로 그 얼마나 이상한 짓을 저질렀는지 회상하면서 즐거움에 젖을 수 있다면 내가 이 책을 쓰는 또 한 가지 목표가 이루어진 셈이리라"라고 썼다.

그렇다면 동심이란 무엇일까? 세상 물정 아무것도 모르는,

티 없이 맑은 순수함 그 자체? 천사처럼 맑고 착하며 순진한 마음? 아마 동심이라는 단어에서 우리가 연상하는 것은 그런 것일지도 모른다. 크게 잘못된 생각도 아니다. 어른이 되면서 우리는 때 묻고 계산적이 되며 사악해지기 쉬우니까 그에서 벗어난 동심을 그렇게 생각하는 것도 무리가 아니다.

그런데 묘하다. 이 소설의 주인공 톰 소여를 보면 도무지 그런 동심과는 어울리지 않는다. 그는 천사처럼 착하고 순진한 아이가 아니라 말썽만 일으키는 개구쟁이다. 게다가 과감하게 애정 행각까지 일삼는 부도덕한(?) 아이이다. 첫눈에 반한 베키 앞에서 부끄러워하기는커녕 물구나무 서기 등 온갖 묘기를 다 부려 자신을 드러내고, 심지어 약혼(?)까지 한다. 군인과 판사가 되고 싶다는 건전한 꿈을 갖기는커녕 해적놀이를 하고 산적이 되고 싶어 한다. 게다가 약아빠지기까지 해서 친구들을 번번이 골탕 먹이며, 툭하면 주먹질까지 한다. 한마디로 톰은 다른 아이들에 비해 영악하며 난폭하다. 톰에 비해 다른 아이들이 훨씬 순진하고 순수하다. 점잖은 사람이 본다면 싹수가 노란 아이이고, 간단히 줄여 말한다면 천하의 '악동(惡童)'이다. 우리가 흔히 생각하는 티 없이 맑은 동심과는 거리가 멀다.

그런데 왜 이런 '악동'의 행동에 우리는 빙그레 웃음을 지으며 유년 시절에 대한 애틋한 향수에 젖게 되는 것일까? 간단하다. 우리의 유년기가 어떠했건 간에 우리들 속에는 누구에게나 '악동'이 똬리를 틀고 있던 때문이다. 당신이 어떤 유년기를 지냈건 상관없이 은밀히 물어보자. 초등학교 때 한 반에 미치도록 좋아하는 여학생, 혹은 남학생은 없었는가? 공부 따위 집어치우고 실컷 놀고 싶은 유혹을 느껴보지 않았는가? 꼴 보기 싫은 놈을 신나게 패주고 싶은 유혹을 느껴보지 않았는가? 어디론가 미지의 곳으로 모험의 길을 떠나고 싶다는 생각을 해보지 않았는가? 장담하지만 결코 그렇지 않다고 대답할 사람은 거의 없을 것이다. 바로 그렇기에 톰 소여는 우리들을 곧바로 우리의 유년기로 데려간다. 역으로 그가 순진한 모범생이었다면 우리를 아련한 유년기의 추억에 젖게 하지는 못했을 것이다.

그렇다면 이제 악동의 정체를 밝혀보기로 하자. 악동이란 한마디로 온통 재밋거리만 찾는 아이다. 뭐, 재미있는 건 없나 하고 늘 호기심에 젖어 있는 아이다. 이렇게 표현해도 좋다면 '재미를 찾아 헤매는 자유인'이라고 해도 된다. 그러니 그 재미하고는 거리가 먼 학교 수업을 멀리 할 수밖에 없고 제발 말썽 그만 부리고 얌전한 애가 되라는 어른들의 말이 귀에 들어올 리가 없다. 톰 소여가 보물찾기에 나서는 것도 보물이 탐이 나서

가 아니라 보물찾기가 제일 재미있는 놀이이기 때문이다. 톰 소여가 폴리 이모의 말을 안 듣고 엉뚱한 짓을 저지르는 것도 이모가 싫어서가 아니다. 이모를 사랑하지만 이모를 향한 사랑보다 재밋거리의 유혹이 더 크기 때문이다. 그 어떤 것도, 그 누구도 '재밋거리'의 유혹에 빠진 톰을 말리지 못한다.

그 유혹에 몸을 맡기면 어떻게 되는가? 사는 게 심심하지 않다. 이 세상 모든 것을 재미의 대상으로 보니 심심할 리가 없다. 세상 전체가 호기심의 대상이 된다. 아무리 하찮은 것도 귀해진다. 톰이 꾀를 부려 아이들에게 담장 회칠을 시키고 얻어낸 노획물들을 보라.

> 벤이 녹초가 되었을 무렵 나타난 피셔는 손질이 잘된 연(鳶)을 내놓았으며 조에게서는 죽은 쥐 한 마리와 쥐를 매달아 돌리는 데 쓰는 줄을 받았다. 그 외에 공깃돌 12개, 장난감 악기 1개, 안경알처럼 생긴 푸른색 병 유리 조각, 실패로 만든 장난감 대포, 못쓰게 된 열쇠 하나, 백묵 조각, 유리 병마개, 양철로 만든 병정, 올챙이 몇 마리, 폭죽 6개, 애꾸눈 새끼 고양이 한 마리, 놋쇠 문고리, 개목걸이, 칼 손잡이, 오렌지 껍질 네 조각, 다 망가진 창틀 등 어마

어마한 전리품을 획득한 톰은 빈털터리에서 당장에 부자
가 되었다. (25쪽)

'어마어마한 전리품'이니 '부자'니 하는 표현이 나오지만 손질이 잘 된 연을 빼놓는다면 그야말로 아무짝에도 쓸모없는 허섭스레기들이다. 적어도 어른들의 눈으로 보면 그렇다. 그런데 아이들에게는 그 모든 것들이 다 보물이다. 허섭스레기를 보물로 둔갑시킬 수 있다면 그게 바로 요술이 아닌가? 설마 이 대목에서 요즘의 화려한 장난감, 재미있는 놀잇거리와 비교하며 쯧쯧 혀를 차거나 톰을 비롯한 아이들을 불쌍하게 본 사람이 있을지도 모르겠다. 아니다. 톰의 노획물은 요즘의 화려한 장난감들보다 더 화려하며, 톰의 놀이는 요즘 놀이동산의 놀이나 컴퓨터 게임보다 더 재미있다.

우리가 이 소설에서 느끼는 동심은 바로 그런 것이다. 그런 요술을 지닌 아이들의 마음이다. 세상을 온통 재밋거리가 넘치는 곳으로 만드는 요술을 지닌 그들에게 심심한 세상, 아무 재미도 없는 세상으로 들어오라는 손짓을 하면 외면할 수밖에 없다. 그 재미없는 건전한 세상을 외면하고 재미만을 찾으니 악동이 될 수밖에 없다.

『톰 소여의 모험』이 유혹하는 동심의 세계는 순진무구한 순수성의 세계가 아니다. 오히려 일탈과 타락의 세계다. 그런데 그 세계는 우리의 고개를 돌려버리게 만드는 게 아니라 우리를 유혹한다. 그래서 어떤 의미에서는 위험하기까지 하다. 허클베리 핀에 대한 묘사가 절묘하다.

> 잠시 뒤 톰은 이 마을에서 유명한 부랑자 아이 허클베리 핀과 우연히 마주쳤다. 그의 아버지는 소문난 주정뱅이였다. 허클베리는 동네 어머니들이 정말로 미워하고 두려워하는 아이였다. 아이들에게는 허클베리 핀과 어울리는 것, 아니, 그와 이야기를 나누는 것조차 금지되어 있었다. 그가 게으르고 제멋대로였으며, 상스럽고 질이 좋지 않은 데다 무엇보다 모든 아이들이 그를 우러러보기 때문이었다. 아이들은 허클베리 핀이 누리고 있는 이른바 '금지된 사회'에 혹해 있었으며 '나도 재처럼 되었으면 얼마나 좋을까' 하는 소망을 품고 있었다. 톰도 마찬가지였다. 톰도 허클베리 핀과 어울려서는 안 된다는 엄중한 경고를 받고 있었지만 그의 화려한 떠돌이 생활이 부러웠다. (46~47쪽)

허클베리 핀은 조금 어려운 표현을 쓰면 온갖 '유용성'의 세상을 버린 아이다. 그는 톰의 한 극단이다. 그는 불쌍한 아이가 아니다. 톰보다 더 자유로운 아이이고 아이들이 부럽다 못해 우러러보는 아이다. 그는 조금이라도 얽매인 삶을 끔찍하게 못 견딘다.

"톰, (……) 그렇게 얽매여 사는 건 내게는 너무나 끔찍해. 먹을 게 너무 쉽게 넘쳐나니까 밥맛도 없어. 이건 뭐 낚시를 가려 해도 허락, 헤엄을 치러 가려 해도 허락, 그놈의 허락 없이는 아무것도 못하니! 물론 더글러스 아줌마가 잘해주는 건 나도 알아. 하지만 내가 마음이 편해야 받아들이지. 암튼 재미가 하나도 없어. 매일 상냥한 말만 하면서 지내다보니 속이 다 거북해. 밤이면 다락방에 올라가서 실컷 욕을 해대야 겨우 편해진단 말이야. 게다가 생각해봐라, 톰. 조금 있으면 개학할 것 아니니? 그럼 학교에 가야 하잖아! 학교? 그건 정말로 못 해! 제길, 그놈의 돈만 없었어도 이런 일은 당하지 않는 건데! 톰, 그 돈 너 다 가져. 가끔 10센트짜리 동전 하나만 던져주면 돼. 그것도 자주 줄 필요 없어. 난 쉽게 손에 들어오는 건 눈

곱만큼도 흥미가 없거든." (227쪽)

돈도 전혀 필요 없다니! 그보다 더 자유로울 수 있겠는가? 그렇게 자유로운 허클베리 핀이기에 아이들은 아무것도 지니지 않은 무소유의 그를 불쌍하게 여기는 것이 아니라 부러워하고 우러러본다. 그가 자유로운 만큼 아이들은 더 큰 유혹을 느끼는 것이며 그렇기에 그는 위험한 인물이 된다.

『톰 소여의 모험』이 천진한 아이들에게 나쁜 본보기가 된다며 1905년 뉴욕 브루클린도서관이 금서로 지정한 것은 그 때문이다. 이후 중·고등학교나 공공도서관에서 자주 금서가 된 것도 마찬가지 이유다.

하지만 『톰 소여의 모험』의 악동 톰은 우리에게 아련한 유년기를 회상하게 만들어주고는, 우리들 대부분이 그렇듯, 자신의 자유를 얽매는 이 세상으로부터 완전히 일탈하지 않는다. 소설에서 보듯 그는 더글러스 부인의 집으로 돌아가라고 자못 건전하게(?) 허클베리 핀에게 충고를 한다. 하지만 허클베리 핀은 다르다. 허클베리 핀은 톰의 충고에 못 이겨 다시 더글러스 부인의 집으로 돌아가지만 언제고 용수철처럼 튀어나갈 준비가 되어 있다.

과연 그렇게 완전히 자유로운 일탈의 삶이 가능할까? 그런 자유로운 정신을 그대로 간직한 채 세상을 살아간다면 어떻게 될까? 그 궁금증을 풀어주기 위해 마크 트웨인은 『톰 소여의 모험』의 후속편인 『허클베리 핀의 모험』을 썼을 것이다. 『톰 소여의 모험』을 읽고 그 자유의 끝이 궁금해졌다면 반드시 『허클베리 핀의 모험』을 이어서 읽어보기를 권한다. 거기엔 또 다른 재미가 있음을 보장한다. 미리 말하지만 『허클베리 핀의 모험』을 읽고 나면 당신은 지금이라도 당장 어디론가 떠나고 싶어질지 모른다. 우리가 살아오면서 하지 못한 일이 얼마나 많은가 후회하지 않으려고!

1876년에 발표된 『톰 소여의 모험』은 단순히 문학 작품의 테두리를 벗어나 미국을 대표하는 하나의 상징이 되었으며 수없이 많은 영화, 연극, 발레, 만화로 각색되어 전 세계에서 사랑을 받았고 지금도 받고 있다. 특히 캐나다 록 밴드인 러시(Rush)는 이 소설에 영감을 받아 「톰 소여」라는 노래를 발표하기도 했다.

미국의 셰익스피어라 불리는 마크 트웨인은 1835년 미국 미주리주 플로리다에서 치안판사인 존 마셜 클레멘스와 제인 램프턴의 4남 2녀 중 막내로 출생했다. 본명은 새뮤얼 랭혼 클레

멘스(Samuel Langhorne Clemens)이며 마크 트웨인은 필명이다.

그가 12세가 되던 1847년 아버지가 사망하자 그는 지방 신문사에서 견습 식자공으로 일했다. 17세 되던 1852년에 보스턴의 주간 신문에 「무단 거주자를 위협한 댄디」라는 콩트를 발표하는 등 그는 젊은 시절부터 소설 창작에 뜻을 두었다. 제대로 된 학교 교육을 받지 못한 그는 주로 공립 도서관에서 닥치는 대로 책을 읽으며 독학으로 지식을 쌓았다.

그는 22세 때인 1857년부터 1961년까지 미시시피강 수로 안내인 일을 했다. 당시 월 250달러의 수입이 보장되는 고소득 직장이었다. 어린 시절부터 미시시피강에서 뛰놀던 경험과 수로 안내인 일이 그의 창작에 큰 도움을 주었음은 물론이다. 그는 1867년에 단편집 『캘리베러스군(郡)의 명물, 뛰어오르는 개구리』를 발표했지만 그가 작가로서 명성을 날리게 된 것은 1876년에 내놓은 『톰 소여의 모험』 덕분이며 1884년에 내놓은 『허클베리 핀의 모험』은 그를 위대한 작가의 반열에 올려놓았다.

그는 작품 활동 외에도 제국주의 비판 활동, 여권 신장 운동에도 열심이었으며 노예제도 폐지를 적극 지지했다.

1896년 딸 수지가 뇌막염으로 세상을 떴고 1904년에는 아내가, 1909년에는 딸 진이 세상을 떠났다. 딸들과 아내가 세상을 떠나자 우울증에 시달리던 마크 트웨인은 핼리혜성이 지구에 근접한 이튿날인 1910년 4월 21일 심장마비로 세상을 떴다. 1835년 핼리혜성이 지구에 근접했던 시기로부터 2주 후에 태어났으니 핼리혜성과 함께 세상에 왔다가 핼리혜성과 함께 세상을 떠난 셈이다.

『허클베리 핀의 모험』에 대해 '현대 미국 문학은 이 책에서 비롯되었다'라고 한 헤밍웨이의 말은 차치하고라도 마크 트웨인과 그의 작품들은 세계 문학사에서 한 봉우리를 우뚝 차지하고 있다.

톰 소여의 모험

생각하는 힘: 진형준 교수의 세계문학컬렉션 59

펴낸날 **초판 1쇄 2021년 4월 30일**

지은이 **마크 트웨인**
옮긴이 **진형준**
펴낸이 **심만수**
펴낸곳 **(주)살림출판사**
출판등록 **1989년 11월 1일 제9-210호**

주소 **경기도 파주시 광인사길 30**
전화 **031-955-1350** 팩스 **031-624-1356**
홈페이지 **http://www.sallimbooks.com**
이메일 **book@sallimbooks.com**

ISBN 978-89-522-4293-8 04800
978-89-522-3984-6 04800 (세트)

※ 값은 뒤표지에 있습니다.
※ 잘못 만들어진 책은 구입하신 서점에서 바꾸어 드립니다.

책임편집 **최정원**